아침편지 고도원의

꿈 너머 꿈

아침편지 고도원의

꿈 너머 꿈

고도원 글 이성표 그림

나무생각

차 례

3 • 꿈 너머 꿈으로 가는 길

4 • 꿈을 가진 자여, 태초의 소리를 들어라

5 • 나의 꿈 이야기

6 • 꿈을 가진 사람은 서로 만난다

에필로그

프롤로그

나는 우리들 모두가

하나씩의 꿈을 가지고 있었으면 좋겠다.

모두 다 꿈의 주식들을 가지고 있어,

우리 사회가 거대한 꿈의 주식회사가 되었으면 좋겠다.

자신이 꿈꾸는 일을 위해 열심히

노력하기 시작하는 것이 바로 행복이다.

꿈을 꾸고 있는 모든 시간이

바로 행복이다.

고도원의
〈나무는 자신을 위해 그늘을 만들지 않는다〉 중에서

꿈 너머 꿈

얼마 전, 카이스트 대학원생 오백여 명 앞에서 강연을 했다. 내가 젊은 친구들을 만나면 즐겨 하는 질문을 그들에게도 던져봤다. 강의실에서는 맨 앞자리가 수난이다. 강단 바로 앞에 있던 학생에게 물었다.

"학생은 꿈이 뭐예요?"

"과학자가 되는 겁니다."

밝고 낭랑한 대답이 되돌아왔다. 나는 다시 물었다.

"과학자가 돼서 뭐 하시게요?"

"……."

이번에는 답이 없다. 머리만 긁적긁적…….

옆에 있던 여학생에게 다시 물었다.

"학생은 꿈이 뭐예요?"

"교수가 되는 거예요."

"교수가 돼서 뭐 하시게요?"

"그냥……."

역시 대답이 희미하다. '씨익' 멋쩍은 웃음만 되돌아온다.

그 옆에 있던 다른 남학생에게 또 질문을 했다.

"꿈이 뭐예요?"

"백만장자가 되는 겁니다."

씩씩한 그 친구의 대답에 강의실 곳곳에서 웃음이 터져 나왔다.

"백만장자가 돼서 뭐 하시게요?"

드디어 이번에는 대답이 나왔다.

"잘 먹고 잘 살려구요."

아까보다 더 큰 웃음이 터져 나왔다.

한바탕 웃음이 지나간 후, 나는 진짜 하고 싶었던 이야기를 시작했다.

"이 세 학생에게는 모두 꿈이 있습니다. 이 꿈들이 꼭 이루어지기 바랍니다. 과학자가 되고 교육자가 되고 백만장자가 되기를 바랍니다. 그러나 이 세 학생에게는 '꿈 너머 꿈'이 없습니다. 과학자가 되

고 교육자가 되고 백만장자가 된 다음에 무엇을 하겠다는, 바로 그 무엇! 꿈 너머의 꿈이 없는 것입니다."

지금 이 책을 펴든 당신에게 내가 드리고 싶은 질문은 바로 이것이다. 훌륭한 과학자가 되어, 훌륭한 교수가 되어, 그리고 백만장자가 되어 그 다음에 무엇을 할 것인지? 그 다음의 꿈은 무엇인지? 이런 이야기들을 지금부터 시작해 보려는 것이다.

지금 당신의 마음을 채우고 있는 꿈은 무엇인가. 그 꿈을 이룬 다음에는 무엇을 하고 싶은가. 꿈 너머 꿈으로 가는 길을 당신은 찾고 있는가.

꿈이 있으면 행복해지고
꿈 너머 꿈이 있으면 위대해진다.

1

당신의 꿈이 춤춘다

우리의 꿈은,

뒤에 오는 사람들이 우리를 딛고

우리 위에서 이루게 하는 것입니다.

나는 평생을

창조적인 작업을 위해서 살아왔습니다.

누가 하라고 해서 한 것이 아니라

그것이 나의 삶 그 자체의 즐거움이었기 때문입니다.

김윤식 외 《상상력의 거미줄 – 이어령 문학의 길 찾기》 중에서

하나

먼저 꿈을 말하라

열한 살 때 저는 하나님께 편지를 썼습니다.

"하나님, 제발, 제발 제가 배우가 되게 해주세요.
예쁜 장면에 많이 나오게 해주시고, 화장도 예쁘게 해서
올리비아 뉴튼 존처럼 보이게 해주세요.
리어나도 디캐프리오 같은 배우랑 키스도 좀 부탁드립니다.
또 언제나 배우 하고 싶다는 마음 변치 않게 도와주세요."

20년이 지나, 이제 서른한 살이 된 저는 또다시 하나님께 편지를 씁니다.

"촬영장에 지각 안 하게 해주시고,
배우생활 계속할 수 있게 도와주시고,
언제나 배우 하고 싶다는 마음 변치 않게 도와주세요."

영국의 영화배우 케이트 윈슬렛이 〈64회 골든 글로브〉 시상식에서 한 말이다.

영화배우가 되기를 간절히 꿈꾸며 하나님께 편지를 썼던 열한 살 소녀는 스무 살에 데뷔작을 찍으며 그 꿈을 이뤘다.

그로부터 3년 후, 그녀는 전 세계적으로 18억 달러라는 경이적인 흥행성적을 올린 영화 〈타이타닉〉의 주인공으로 우리 앞에 다시 나타났다. 영화 속에서 비운의 사랑을 나눈 상대배우는 리어나도 디캐프리오. 물론 잊지 못할 키스신도 찍었다. 열한 살 소녀의 꿈은 그녀가 편지에 쓴 그대로 이루어졌다.

꿈은 먼저 말해야 한다. 간절한 꿈일수록 더욱 더 확실하고 선명하게 말해야 한다. 당신이 말하는 그 꿈은, 반드시 이루어진다.

둘

대리석 천장을 깨다

2006년 가을, 미국 의회의 역사가 새롭게 쓰였다. 미국 역사상 최초의 여성 하원의장이 탄생한 것이다. 미국의 하원의장은 대통령 유고 시, 상원의장을 겸임하게 되는 부통령 다음의 승계권자이다. 말하자면 권력 3인자이다. 그동안 남성 중심이었던 미 의회에서 하원의장은 '미스터 스피커' 로 불렸다. 그러나 이제는 당당하게 '마담 스피커' 로 불리는 시대가 된 것이다.

미국 역사상 여성으로서는 처음으로 제 110대 하원 의장에 오른 66세의 낸시 펠로시 의원은 2007년 1월 5일 취임식에서 의장직 수락연설을 마친 뒤 이렇게 외쳤다.

"지금은 의회를 위해서나 미국 여성들을 위해서나 역사적 순간입니다. 무려 200년을 기다려왔던 바로 그 순간입니다. 우리는 우리의 딸들과 손녀들을 위해 오늘 대리석 천장(marble celling : 대리석으로 치장된 미국 의회에서 여성의 고위직 진출을 막는 분위기를 일컫는 표현이다)을 깼습니다."

육중한 대리석 장식으로 상징되는 미국 의회의 보수적 분위기도 더 이상 여성의 원내 고위직 진출을 막을 수 없게 되었음을 선언한 것이다. 그녀가 수락 연설을 하는 동안 본 회의장에서는 내내 환호성이 터져 나왔다. 미국의 수많은 여성들의 꿈을 대변하는 순간이었기 때문이다.

첫 여성 하원의장을 배출한 2006년 미국의 중간선거에서 언론은 "진정한 승자는 여성 정치인"이라고 보도했다. 그 선거에서 여성 정치인들은 사상 최다인 2,433명이 입후보했고, 상원에서 12명이 당선돼 역대 최다 기록을 세웠다. 하원 당선자도 138명이나 되었다. 미국 여성들은 150년간의 투쟁 끝에 1920년에 처음으로 참정권을 획득했고 80여 년 만에 새로운 꿈을 이루게 된 것이다.

낸시 펠로시는 다섯 아이의 어머니이자 다섯의 손자, 손녀를 둔 할머니이다. 볼티모어에서 5남 1녀 중 외동딸로 태어난 그녀는 볼티모어 시장 및 5선 하원의원을

역임한 정계 실력자 아버지와 역시 볼티모어 시장을 지낸 오빠를 두고 있다. 이탈리아계 정치 명문가 출신의 자녀로서 어렸을 때부터 정치에 대한 꿈을 키워왔지만, 그 꿈을 조급하게 추진하지는 않았다. 결혼 후 다섯 아이를 낳아 기르며 한동안 어머니의 역할에만 충실했다. 막내딸이 고등학생이 될 때까지 주부의 삶을 살며 때를 기다렸다가 마흔 여섯이 되어서야 비로소 정치에 뛰어들었다. 왜 그토록 늦은 출발을 했느냐는 질문에 그녀는 "아이들 교육이 우선이었기 때문"이라고 담담하게 말했다.

엄마이자 주부로서의 당당한 목소리는 정치 입문 후, 캘리포니아의 소란스러운 한 집회에서도 튀어나왔다. 그녀는 "애 다섯 키운 엄마 목소리 좀 들어보시겠어요?"라며 좌중을 압도했다.

그녀는 남성 중심의 정치권에 들어서며 굳이 남성보다 우월한 여성을 보여주려 애쓰지 않았다. 대신, 어머니이자 여성 그대로의 모습을 보여주며 국민에게 다가갔다. 그러자 국민들이 그녀의 손을 들어줬다.

정치 입문 19년 만에 의회의 수장에 오르며 '대리석 천장을 깬' 낸시 펠로시는 지금 해내고 있는 일이 자신의 뒤를 걸어오는 수많은 여성들에게 힘이 되기를 진심으로 바라고 있다.

"나에게 주어진 이 기회가 여성도 권력의 최고위직을 무난히 수

행할 수 있으며, 어떤 환경도 헤쳐나갈 수 있음을 보여주는 계기가 되길 바랍니다."

누구든 포기하지 않고 끝까지 꿈을 버리지 않으면, 언젠가는 '대리석 천장을 깨는 날'이 반드시 오게 된다.

셋 제이미 올리버의 '꿈도 진화한다'

"제이미, 좋은 요리사가 되려면 감자 고르는 법부터 배워야 한다. 요리는 좋은 재료를 고르는 일부터 시작하는 거야."

꼬마 제이미는 아버지의 말에 어깨를 으쓱했다. '눈앞에 산더미처럼 쌓여 있는 저 감자들을 언제 다 씻나' 하는 생각에 아버지의 잔소리는 귀에 들어오지도 않았다.

그러나 십여 년 후, 진짜 요리사가 된 제이미의 머릿속에는 아버지의 말이 고스란히 담겨 있다. 그리고 제이미는 아버지 말을 카메라 앞에서 그대로 되뇌었다.

"좋은 음식을 만들려면 좋은 재료를 고르는 것부터 시작해야죠. 저도 감자 고르는 법부터 배웠거든요."

그의 말은 최고의 인기 요리 프로그램인 '네이키드 쉐프'를 타고 전 세계 시청자들에게 전해졌다. 아버지가 운영하는 술집에서 설거지와 채소 껍질을 벗기는 주방일을 하며 용돈을 벌던 어린 제이미는 이제 '전 세계에서 축구선수 데이비드 베컴 다음으로 인기 있는 영국인'이라는 소리를 듣는 스타 요리사가 되었다. 주방에서 키웠던 어린 시절의 꿈은 이렇듯 꽃처럼 피어났다.

레스토랑에 취직해 요리사로 일하던 제이미는 그 레스토랑을 방문한 프로듀서에게 발탁돼 BBC 방송의 요리 프로그램 '네이키드 쉐프'의 진행자가 되었다. 그것이 그의 인생을 180도로 바꿔놓았다. 프로그램은 세계적인 인기를 모았고, 그는 단박에 스타 요리사가 되었다.

청바지에 티셔츠 차림을 한 학생 같은 모습으로 요리를 하는 그의 모습은 매우 신선했다. 사람들은 배고픈 친구들에게 야참을 차려주듯 간단하게 요리하는 모습을 보며 그와 그의 요리에 대해 친근감을 느꼈다. 그것 역시 제이미의 꿈이었다. 요리라는 것은 솜씨 좋은 누군가의 전유물이 아니라 바로 '당신도 할 수 있는 것'이라고 알리는 것, 그것이 또 하나의 꿈이었기 때문이다.

제이미에게 요리는 열정의 대상이다. 사랑이다. 애인이다. 그러나 맛있는 요리, 새로운 요리를 만드는 것에만 그의 열정이 머물러

있는 것은 아니다. 그에게는 더 나아가야 할 곳이 있었다. '요리'는 제이미에게 인생의 또 다른 길을 제시해 주었다. 빈민층 청소년들을 돕기 위한 레스토랑을 연 것이다. 자신에게 많은 것을 베풀어준 세상에 무언가 되돌려주고 싶어서였다.

그는 요리를 전혀 모르는 도심 빈민층 청소년들을 데려다 요리사로 키우는 일도 시작했다. 이렇게 해서 교육의 기회가 전혀 없었던 빈민층 청소년 30명이 요리사가 됐고, 30여 명 이상이 지금도 런던 최고로 손꼽히는 그의 레스토랑에서 요리사 교육을 받고 있다.

이후, 제이미의 꿈은 또다시 진화했다. 이번에는 학교 급식에 눈을 돌렸다. 그때 영국의 수많은 아이들은 탄산음료, 과자류 같은 정크 푸드에 둘러싸여 있었다. 〈영국학교식품보호기관〉의 연구에 따르면, 초등학생 세 명 중 한 명은 등하굣길 기름진 식품의 유혹을 떨쳐내지 못하고, 중고등학생의 절반은 연간 11포대의 설탕과 큰 버터 20덩어리에 맞먹는 양의 정크 푸드를 먹는다. 알고 보니 아이들이 이렇게 정크 푸드에 열광하게 되는 원인 중의 하나가 부실한 급식 때문이었다. 급식이 배를 충분히 채워주지 못하기 때문에 아이들은 기름지고 설탕투성이인 음식으로 배를 채우고 있었다.

제이미는 학교 급식을 바꿔보겠다는 야심 찬 캠페인을 벌였다. 민영 TV '채널 4'로 방영된 '제이미 스쿨디너' 프로그램을 통해, 정크푸드의 집합체나 다름없는 공립학교 급식 메뉴를 완전히 건강식으로 바꾸었다. 제이미는 영국의 학교 급식의 질을 한 단계 끌어 올리는 데 엄청난 기여를 했다.

그는 앞치마를 두르고 학교의 썰렁한 주방에 직접 들어갔다. 그 안에서 기존의 질서를 고집하는 조리사들의 텃새와 급식비 타령만 하는 학교 당국의 꽉 막힌 태도와 싸우며 고군분투했다. 영양도 없는데 열량만 높은 싸구려 냉동식품이나 진공포장 식품들을 그냥 데우기만 해서 학생들에게 먹이는 학교 급식 현장을 카메라에 담아 고발했다. 턱없이 부족한 급식비도 고발했다. 방송을 본 영국인들은 큰 충격을 받았다. 그리고 곧바로 사회적인 반향이 일어났다.

제이미는 학교 급식의 개선을 원하는 27만 1천 명의 지지 서명을 받아, 그 서명이 담긴 청원을 토니 블레어 총리에게 전달했다. 그 결과 영국이 움직였다. 교육부는 학교 급식을 개선하기 위해 예산을 추가 투입하기로 결정했고, 학교 급식의 질을 한 단계 끌어올릴 수 있는 이른바 건강식 표준식단을 마련해 공표했다.

제이미 올리버는 그렇게 또 한 번 자신의 꿈을 확장했고, 실현했고, 세상을 바꾸어 나갔다.

좋은 꿈은 사람을 움직인다. 그리고 사람들과 더불어 함께 진화하며 세상을 움직인다.

넷

당신의 꿈은 무엇입니까?

"네 꿈이 뭐니?"

내가 좋아하는 질문이다. 나는 어린이들을 만나면 꼭 한 번씩 이 질문을 던져본다. 아이들은 대부분 씩씩하게 대답을 한다.

"축구선수요."
"선생님요."
"비처럼 멋있는 가수요."

꿈을 심어주는 방법 중에 가장 좋은 것은 그 사람의 꿈이 무엇인지를 묻는 것이다. 그리고 박수를 쳐주는 것이다. 꿈은 클수록 좋다.

왜? 꿈이니까.

황당해도 좋다. 대답하는 아이가 만약 황당한 꿈을 이야기하더라도 절대 그 꿈을 무시해서는 안 된다. 그것은 꿈을 빼앗는 것과 다름없다. 무조건 박수치고 칭찬해 주자.

"너, 정말 좋은 꿈을 가지고 있구나. 멋진걸."
"너는 보통 사람이 아니구나. 대단해."

바로 그 순간, 아이가 말한 꿈이 형상화된다. 꿈이 꿈틀대기 시작하는 것이다. 너무 크고, 너무 황당했던 꿈도 그 아이의 성장과 더불어 좀더 탄탄하게 구체화되기도 한다. 중요한 것은 그 아이가 꿈을 품고 있느냐 하는 것이다. 그리고 누군가가 그 꿈을 지지해 주는가 하는 것이다.

꿈이 무엇인지 물은 다음, 내가 이어서 던지는 두 번째 질문은 이것이다.

"그 꿈을 이루기 위해 무엇을 하고 있는가?"

예를 들어 아이가 "훌륭한 작가가 돼서 노벨 문학상을 타는 거요" 라고 말했다고 치자.

"그래? 아주 훌륭하구나. 그럼, 그 꿈을 이루기 위해서 지금 뭘 하고 있니?" 하고 다시 묻는다.

꿈이 있다면, 그 꿈을 이루기 위한 기본기를 갈고 닦아야 한다. 작가가 되는 꿈을 이루고자 하는 사람이라면 책을 많이 읽는다든지, 글을 많이 쓴다든지 하는 꿈의 기본기가 필요하다.

"매일 글을 노트 열 장씩 쓰고 있어요."

아이가 만일 이렇게 대답했다면, 그 아이는 이미 절반의 꿈을 이룬 셈이다. 백일장에 나가서 장원을 안 해도 좋다. 입상조차 못해도 좋다. 당장 결과가 드러나지 않아도 된다. 꿈이 있고, 그 꿈을 위해 무엇인가 그 기본기가 되는 것을 열심히 계속 해나가고 있다면 반드시 꿈을 이룰 수 있다.

요즘 나는 중년의 고개를 넘거나 황혼에 접어든 이들에게도 종종 같은 질문을 한다. 그럴 때면 대부분 대답 대신 멋쩍은 웃음이 먼저 건너온다.

"꿈은 무슨 꿈이요. 이 나이에……."

그러나 나는 안다. 내 질문 앞에 얼굴을 붉히며 당황했던 그 이도 집으로 돌아가는 차 안에서, 아니면 세면대 거울 앞에 섰을 때, 또는 그날 밤 잠자리에 누웠을 때, 한 번쯤 내가 던진 질문을 되새겨 볼 것이라는 것을…….

'내 꿈이 뭔가?'
'내 꿈이 뭐였더라?'

아무도 묻지 않았기 때문에, 스스로에게조차 묻지 않았기 때문에 꿈은 잊혀져 있었다. 그러나 저 깊은 창고 속에서 잠자고 있을 뿐, 결코 사라지지 않았다. 잠자고 있는 그 꿈을 깨워야 한다. 만약 당신이 지금 삶의 의미를 잃어가고 있다면, 분명 아주 중요한 한 가지를 잃고 있는 것이다. 꿈을 잃어버린 것이다.

헬렌 켈러는 말했다.

"장님으로 태어난 것보다 더 불행한 사람이 있다. 시력은 있으되 꿈이 없는 사람이다."

꿈은 젊은 사람들만의 몫이 아니다. 나이가 들면 꿈도 사라진다고 믿는 것은 '꿈'과 '직업'을 혼돈하기 때문이다. 꿈은 당대에 이루어지지 않을 수 있다. 그러나 후세에 남겨줄 유산이 될 수는 있다. 그러므로 나이 든 사람에게도 늘 꿈이 필요하다. 꿈보다 더 좋은 유산은 없기 때문이다.

이제 당신도 스스로에게 질문을 던져보라.

'내 꿈이 뭐지?'

당장 대답이 튀어나오지 않는다면, 이제부터 그 대답을 준비해 보기 바란다. 꿈이 너무 작고 소박하다고 움츠러들 필요는 없다. 꿈이 너무 거창하고 황당하다고 민망해할 필요도 없다. 꿈이 너무 많다고 걱정할 필요도 없다.

꿈은 그 자체로 소중하다. 나이가 많다고 접어야 하는 것도 아니다. 당신의 몸 한가운데에서 뛰고 있는 심장처럼, 당신의 가슴속에 언제나 팔딱거리며 숨쉬고 있어야 한다.

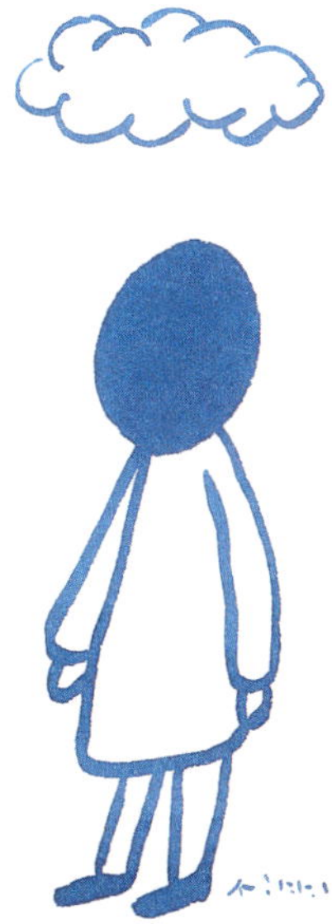

다섯 당신의 꿈 너머 꿈은 무엇입니까?

이 책의 프롤로그에서 잠시 언급했던 카이스트 대학원생 강연장으로 다시 가보자.

나는 이 날 적잖이 실망했다. 우리나라 최고의 젊은 인재들이 모인 곳에서조차 "내 꿈을 이룬 다음에 무엇을 하겠다"는 대답은커녕 "백만장자가 되어 (나 혼자) 잘먹고 잘살겠다"는 한 학생의 대답이 나를 실망시켰다. 나는 소리 높여 말했다.

"친애하는 학생 여러분! 오늘부터 꿈 너머 꿈을 생각해 보십시오. 우리 시대의 대통령들을 생각해 보세요. 그 중 한 대통령은 중학교 2학년 때 책상머리에 대통령이 되겠다는 꿈을 적어놓고 꿈을 꾸었습니다. 그리고 파란만장한 역정 끝에 그 꿈을 이루었습니다. 그런데 그에게는 불행하게도 '대통령이 되겠다' 는 꿈만 있었을 뿐, '대통령이 된 다음에 무엇을 하겠다' 는 꿈 너머 꿈이 없었습니다. 그래서 우리는 IMF라는 사상 초유의 비극과 고통을 맛보았습니다.

그보다 앞서 또 한 대통령이 있었습니다. 개인적으로 나는 그로 인해 커다란 고초를 겪었습니다. 지금도 그에 대한 평가는 엇갈리고 있습니다. 그러나 그에게는 '내가 대통령이 되면 무엇을 하겠다' 는 꿈 너머 꿈이 있었습니다. 5천 년 역사를 이어온 이 나라의 가난을 털어내고 '우리도 한번 잘 살아보자. 하면 된다' 는 꿈 너머 꿈이 있었던 것입니다.

또 한 대통령이 있었습니다. 수차례 죽음의 고비를 넘기면서 대통령이 된 그에게도 꿈 너머 꿈이 있었습니다. 누가 뭐래도 갈라진 이 한반도가 전쟁이라는 방식을 통하지 않고 다시 통합되는, '평화통일' 이라는 꿈 너머 꿈이었습니다."

꿈 너머 꿈은 그런 것이다. '무엇이 되느냐' 를 넘어서 '무엇이 된 후 어떤 일을 할 것인가' 에 대한 답이다. '왜' 그것이 되고 싶은지에 대한 이유이다.

장래 희망으로 의사나 부자가 되기를 꿈꾸는 사람들이 많다. 그러나 "그렇게 된 다음에 뭘 하려고 하는가?" 라는 질문에 선뜻 대답하는 사람이 드물다. 어쩌다 나오는 대답도 "돈을 많이 벌려고" "편하게 살려고”와 같은 자신의 안락과 평안만을 위한 답변이 고작이다.

꿈 너머 꿈을 꾸는 것은 자기 중심의 ‘이기적인 나’에서 ‘이타적인 나’로 발걸음을 옮기는 사람에게만 가능하다. 백만장자가 되기를 꿈꾸는 사람이라면, 적어도 백만장자가 되어 가난한 사람들을 돕겠다는 이타적인 발걸음을 한 번 더 내딛어야 한다. 의사가 되어 인류의 난치병을 없애는 데 일조하겠다는 포부도 좋겠다. 무엇이 됐든, 그것은 내 배 불리고 내 등 따뜻하게 하는 정도의 꿈을 넘어서야 한다는 말이다. 그것이 꿈 너머 꿈이다.

꿈 너머 꿈을 가진 사람은 쉽게 절망하지 않는다. 의사가 되겠다는 꿈만 가졌을 때는 대입에 실패했을 때 좌절할 수 있다. 그러나 의사가 되어 가난한 이들의 병을 고쳐주겠다는 꿈 너머 꿈이 있는 사람에게는 또 다른 길이 보인다. 의사가 되지 않더라도 가난한 이들의 병을 고쳐줄 수 있는 길은 많이 있기 때문이다.

꿈 너머 꿈을 가진 사람은 무지개를 보는 사람이다. 지금은 비가 내리지만, 조금만 더 걸어가면 그 비가 그치고 무지개가 피어나는 것을 내다보며 묵묵히 빗길을 가는 사람이다.

당신의 꿈 너머 꿈은 무엇인가?

2

꿈을 가진 사람들

이 일이 전망이 얼마나 좋은가,

얼마나 많은 부와 명예를 가져다줄 것인가

하는 얕은 생각이 아닌,

내 인생을 걸어도 좋을 만큼

행복한 일인가에 답할 수 있는 것을

나는 꿈이라고 부르고 싶다.

이원익의 《비상》 중에서

하나

자장면 그릇 속의 사과 한 알

싸늘한 겨울바람이 유리창을 스치는 어느 오후.

아파트 복도에는 플라스틱 음식 그릇들이 곳곳에 놓여 있다.

식사의 흔적을 고스란히 묻힌 그릇들이 더러는 신문지에 덮이고, 더러는 비닐봉지에 싸인 채 복도에 놓여 있다. 먹다 남은 짬뽕 국물이 흥건하게 고여 있는 그릇, 자장면 소스 위로 불어터진 면발 몇 가닥이 남아 있는 그릇, 먹성 좋게 볶음밥 옆 자장소스까지 깨끗이 비워진 그릇, 고기만 사라지고, 당근과 양파는 고스란히 남아 있는 탕수육 그릇…….

그 시간, 그녀의 집에서도 조금 전 배달시킨 자장면 그릇이 비워지고 있었다.

중국음식을 좋아하는 아이들과 그녀는 오랜만에 자장면을 맛있게 먹었다. 그릇을 다 비운 아이들은 설거지통에 각자 자기가 먹은 그릇들을 옮겨놓았다.

몇 젓가락 남겨두고 깨작거리던 작은아이도 "엄마, 아저씨가 추운 날씨에 배달해 주셨으니까, 남기면 안 되지?"라며 자기 몫을 다 먹어주었다. 그녀는 "착하다" 하며 아이의 엉덩이를 토닥여주었다.

설거지통에서 자장면 소스들이 깨끗이 닦여 나갔다. 새 그릇처럼 말끔히 닦인 그릇들을 물기까지 잘 닦은 후에, 그녀는 냉장고 과일칸에서 어제 장에서 사온 잘 익은 사과 한 알을 꺼냈다.

아이들 간식통에 있던 초코파이 하나도 꺼냈다. 그것들을 빈 그릇 안에 담아 비닐봉지에 넣어 문밖에 내놓았다.

복도의 음식찌꺼기들을 머금은 빈 그릇들 사이에 빨간 사과와 초코파이가 담긴 깨끗한 그릇 하나가 더 놓였다.

대문 안에서 아이들의 재잘대는 목소리가 들려온다.

"엄마, 다음 주에 우리 동생이 오는 거죠? 그 아기, 정말 저랑 닮았어요?"

"아니야. 너보다 나랑 더 닮았대. 엄마, 그렇죠? 빨리 보고 싶어요. 우리 새 동생."

꿈을 가진 사람들은 가슴이 따뜻한 사람들이다.

둘

아름다운 판결문

충남 연기군의 한 임대아파트에 칠십대 노인이 한 분 살고 계셨다. 노인은 아내를 잃은 뒤 동네 아파트 공사장 막노동으로 생계를 유지하며 힘겹게 지내왔다. 그 막노동 자리마저 '늙었다'는 이유로 밀려나게 되자 이제는 봉사단체가 베푸는 무료 급식에 끼니를 의지해야 했다. 소한, 대한의 추위 속에서도 난방은 방 한 군데밖에 하지 못했고 그것도 밤에만 잠깐 틀며 지냈다.

그런 노인에게 어느 날 퇴거 요청 통지서가 날아왔다. 법 절차를 잘 몰랐던 것이 문제였다. 중병에 걸린 아내와 함께 이 임대 아파트에 들어올 때 대소변조차 가리지 못하는 아내를 한시도 떨어지지 못하고 간호하느라 딸이 대신 계약을 해줬는데, 그 딸이 자기 이름으로 계약하고 아버지가 살도록 한 것이 문제였다. 실제 계약자인 딸이 무주택자가 아니므로 집을 비워야 한다는 것이었다.

노인은 소송 끝에 1심에서 패소했다. 그러나 항소심 재판에서 노인은 희망을 되찾았다. 판결문은 이렇게 노인의 손을 들어줬다.

…… 계약은 딸 명의로 맺었지만, 이는 병든 아내의 수발을 위해 자리를 뜨지 못한 피고를 대신해 딸이 계약을 맺는 과정에서 법 지식 부족으로 벌어진 실수로 판단된다. 피고는 이 주택 임차를 위해 본인의 돈으로 보증금을 내고, 실제로 이 주택에 살았다. 피고는 사회적 통념상 실질적인 임차인으로 충분히 생각될 수 있으니, 법적으로도 임차인으로 보는 것이 공익적 목적과 계획에 맞는 해석이라고 생각한다.

사실 법조문으로만 따지면 노인이 설 곳이 없었다. 그러나 판결문은 또 이렇게 말하고 있다.

…… 가을 들녘에는 황금물결이 일고, 집집마다 감나무엔 빨간 감이 익어간다. 가을걷이에 나선 농부의 입가엔 노랫가락이 흘러나오고, 바라보는 아낙의 얼굴엔 웃음꽃이 폈다. 홀로 사는 칠십 노인을 집에서 쫓아내달라고 요구하는 원고의 소장에서는 찬 바람이 일고, 엄동설한에 길가에 나앉을 노인을 상상하는 이들의 눈가엔 물기가 맺힌다. 우리 모두는 차가운 머

리와 따뜻한 가슴을 함께 가진 사회에서 살기 원한다. 법의 해석과 집행도 차가운 머리만이 아니라 따뜻한 가슴도 함께 갖고 하여야 한다고 믿는다…….

이 판결문을 접하게 된 사람들은 인터넷을 통해 바이러스처럼 이 훈훈한 소식을 전해 나갔다. 뜻밖의 판결과 온기를 담고 있는 판결문이 인터넷을 통해 번져 나가고, 판결문을 작성한 판사에게도 인터뷰 요청이 쇄도했다. 그 판사는 기자의 질문에 "소외 계층에 대한 배려 없이 법 조항을 기계적으로 적용하는 것은 지혜롭지 않다고 믿는다"고 자신의 소신을 전했다.

원본을 구해 읽어본 후 나는 그가 어떤 꿈을 가지고 있으며, 어떤 꿈 너머 꿈을 가지고 있을지를 생각해 보았다.

'내가 판사가 되면 억울한 약자의 눈물을 닦아주겠다.'

이것이 그의 꿈 너머 꿈이 아니었을까?

그런 꿈 너머 꿈이 있었기에 그토록 아름답고 따뜻한 판결문이 나올 수 있지 않았을까?

셋

꽃보다 고운 꽃집 아저씨

부산에는 소문난 꽃집 아저씨가 있다. 아가씨가 아니다. 머리숱도 성성하게 비어 있는 환갑 넘은 '아저씨'다. 하지만 꽃집을 찾을 때 마주치는 아저씨의 웃음만은 아가씨들 못지않게 화사하다.

많고 많은 직업 중에 아저씨가 '꽃 장사'를 택한 이유는 꽃이 좋아서였다. 온몸에 가시를 박고 태어났지만 그 줄기 위에 아름다운 꽃을 피우는 장미, 한 송이 한 송이는 존재감도 없지만 한데 어울리면 별처럼 반짝이는 안개꽃, 늦겨울의 텁텁하고 지루한 공기를 한순간에 청량하게 바꿔주는 프리지아 등 모든 꽃이 저마다 그대로 아름답고 좋았다.

특히 꽃은 사람들을 기쁘게 만드는 존재라 더욱 좋았다. 꽃을 받는 사람도, 꽃을 사는 사람도, 함께 웃고 즐겁다. 그것이 좋아서 아저씨는 꽃 장사를 택했다.

아저씨는 꽃집을 들어서는 순간 환해지는 손님들의 얼굴, 정성스레 포장한 꽃다발을 배달받으며 기쁨을 감추지 못하는 사람들의 얼굴이 참 좋다. 뿐만 아니라 누군가에게 줄 꽃을 고르는 사람들의 웃음 머금은 얼굴은 더욱더 좋다. 그들에게 자신이 기쁨의 한 조각을 나누어줄 수 있다는 것이 덩달아 즐겁다. 어려서부터 뭐든지 나누고자 했고, 남들의 웃는 얼굴 보는 것을 좋아했던 아저씨로서는 정말이지 꼭 맞는 직업을 택한 것이다. 아저씨의 '자선'은 역사도 꽤 깊다. 총각 시절부터 꽃을 들고 교도소며 고아원이며 다니지 않은 곳이 없었다.

그런 아저씨가 몇 년 전부터 새로운 일을 하나 더 하고 있다. IMF 이후 경제적인 부담 때문에 나눔도 여의치 않을 때였다. 어느 날 전봇대며 담벼락에 다닥다닥 달라붙은 각종 전단지들이 눈에 거슬렸다. 유흥업소의 전단 등 읽기조차 민망한 것들이 많았다. 학교 가는 어린아이들이 버젓이 다니는 길목인데, 어떻게 이런 것들이 붙어 있을까 안타까웠다. 순간 그 전단지들을 확 잡아 뜯었다. 그런데 워낙 단단하게 붙어 있어서 좀처럼 뜯어내기가 힘들었다. 그래서 가게에 들어가 칼을 가지고 나와 일일이 긁어냈다. 깨끗해진 담벼락

을 보니 자신도 모르게 기분이 좋아졌다.

그날 이후, 아저씨는 동네를 돌며 전봇대와 담벼락과 화장실 문간에 붙어 있는 지저분한 부착물들을 떼어내는 것이 일과가 되었다.

이제 아저씨의 꽃집에는 꽃만 있는 것이 아니다. 꽃집의 한 귀퉁이에는 불룩한 포대 자루들이 꽤 넓은 자리를 차지하고 있다. 자루에는 한 가득 불법 부착물들이 들어 있다. 아저씨가 동네를 돌며 떼온 것들이다. 누가 시킨 것도 아니고, 알아주는 것도 아니고, 돈을 주는 것도 아니다. 추위에 손끝이 갈라지고, 손톱 밑의 검은 때는 사라질 날이 없고, 손마디도 굵게 부풀었다. 그러면서도 아저씨는 그저 사람 좋은 웃음으로 매일같이 칼과 자루를 들고 나선다.

부창부수. 처음에 잠시 말려도 봤던 아내는 이제 장갑과 마스크를 챙겨주며 남편을 배웅한다. 부전여전인지 아저씨의 두 딸도 틈날 때마다 아버지를 도와 전단을 떼러 다닌다.

그렇게 5년이 지나갔다. 이제 아저씨는 꽃으로만 기쁨을 나누지 않는다. 대신 스스로 꽃이 되어 거리를, 사람들의 마음을 환하게 만들고 있는 것이다.

넷

느티나무 도서관에서 놀자

한 아이가 바닥에 엎드려 책을 읽고 있다. 그 옆에서는 또 다른 아이가 옆으로 비스듬히 누운 채 한 다리를 책장에 턱 걸쳐놓고 책을 읽고 있다. 다른 한쪽에서는 두 아이가 키득대며 책 속 그림을 보고 있다.

"도서관이 아니라, 책을 읽는 놀이터죠."

박영숙 관장의 말처럼 느티나무 도서관에서 아이들은 세상에서 가장 편한 자세로 즐겁게 책을 읽는다. 아니 책하고 논다. 주부들은 돌아가며 아이들에게 책을 읽어주고, 도서관을 이용하는 모든 아이들은 어른들이 들려주는 이야기를 통해 지식을 쌓고 세상을 배워나가고 있다.

박영숙 관장이 설립한 '느티나무 문화재단'은 우리나라에서 제일 작은 재단이라고 한다. 박 관장이 집을 전세로 옮겨 마련한 돈과 십시일반 모인 후원금으로 꾸려진 도서관은 이제 7년째를 맞았다. 박 관장은 도서관 자체보다 아이들이 편하게 모일 수 있는 공간을 마련하고 싶었다. 가정환경이나 부모가 있고 없고를 떠나 스스로 자랄 수 있도록 돕는 공간이 있었으면 하고 꿈꿨다. 그래서 아이들이 맘껏 놀 수 있는 터를 만들었고 제 힘으로 온 세상을 만날 수 있도록 하기 위해 책을 들여놓다 보니, 그게 도서관이 되었다.

책을 단지 자녀들의 논술이나 내신 성적을 위한 하나의 도구로 보는 세태가 박 관장은 너무 안타깝다. 박 관장은 부모가 책 읽기를 강요하는 환경에서 자란 아이들은 학교를 마치면서 숙제나 시험에서 해방되듯이 책도 함께 버릴 것이라고 믿는다.

느티나무 도서관에서는 아이들에게 억지로 책을 권하는 대신, 아이들이 자연스레 책장에 손을 뻗어 책을 꺼내들기를 기다린다. 시간은 좀 걸리지만 나중에 보면 그게 더 빨리 가고, 멀리 가는 길이라는 것을 알기 때문이다.

사람들이 꿈 같은 일이라며 말렸을 때도 박 관장은 믿었다. 그런 공간이 가능하리라는 것을. 그리고 결국에는 현실이 되었다. 학부모들이 성적에 도움이 되지 않는다는 이유로 도서관에 있는 아이들을 수시로 불러갈 때에도 박 관장은 믿었다. 시간이 지나면 달라지리라는 것을.

그 믿음은 옳았다. 처음에는 차가운 눈으로 느티나무 도서관을 바라보던 학부모들도 이제는 도서관의 지지자로 바뀌었으니까.

이제 느티나무 도서관은 훈훈한 이야기들로 가득 차 있다. 심한 뇌손상으로 사고 능력이 거의 불가능하다는 진단을 받은 아이가 도서관에서 열린 연극의 주인공을 맡았다. 또 부모의 이혼이 가져온 스트레스로 성격이 포악해져 친구들을 이유 없이 때리고 책을 찢어버리던 한 아이는 동생들을 모아놓고 책을 읽어주기 시작했다. 주부들은 매일 아침 순번을 정해 도서관을 청소하고 아이들에게 책을 읽어준다. 한 주부는 매일 새벽 우유배달을 시작해 그 돈을 도서관에 기부하고 있다. 결혼해서 매달 만 원씩을 저축한 어떤 신혼부부는 도서관에서 점심, 저녁을 해결하는 아이들을 위해 만기된 적금을 타서 냉장고를 선물했다. 느티나무 도서관에서 거의 매일같이 일어나는 작은 기적들이다.

오늘도 느티나무 도서관은 계속 변해간다. 조금씩 조금씩, 더욱 따뜻하고 아름다운 모습으로. 그처럼 아름답게 변해가는 모습을 바라보는 박영숙 관장은 그래서 더욱 행복하다.

다섯 꿈을 키우는 여행

중학교 시절, 칭기즈칸이라는 존재를 처음 알았을 때 내 가슴에 호기심의 불길이 타올랐다. '도대체 그 몽골이라는 곳에는 무엇이 있기에 8백 년 전, 세계에서 가장 큰 지도를 그려낸 영웅이 태어날 수 있었을까?'

나는 그 나라에 꼭 가보고 싶었다. 당시에는 '몽고' 라고 했었다. 냉전시대였던 그 때에 몽고는 공산국가였다. 사실 감히 '가보고 싶다' 는 꿈도 꿀 수가 없는 먼 나라였다. 해외여행 자체도 흔치 않던 시절, 공산국가를 여행한다는 것은 상상조차 할 수 없었다. 그 당시 내게는 영원히 갈 수 없는 나라였다.

그 후 세월이 많이 흘렀다. 냉전시대는 막을 내렸다. 세상이 바뀌어서 우리나라의 대통령도 몽골을 방문하기에 이르렀다. 갑자기 머릿속에 '번쩍' 하고 떠오르는 생각이 있었다. 오래 전, 소년 시절에 접었던 꿈이 다시 되살아난 것이었다. 몽골에 가보고 싶다는 꿈을 다시 꾸었다. 이번에는 얼마든지 가능한 꿈이었다.

그런데 단순히 혼자 가는 것보다는 나와 같은 꿈을 꾸었던 많은 사람들과 함께 가면 어떨까 하는 생각이 들었다. 그래서 '몽골에서 말타기' 라는 여행 프로그램을 짜게 된 것이다.

그러면 왜 '말타기' 였는가. 그것은 칭기즈칸이 세계를 제패했던 당시 칭기즈칸과 몽골인들의 '기본기' 에 대한 궁금증에서부터 비롯된 것이었다. 그것이 바로 말타기였다. 몽골 민족은 태어나서 걸음마도 배우기 전에 말부터 탄다. 말타기를 그저 즐기는 수준이 아니라, 말을 가지고 재주를 부리는 수준으로 말을 다룬다. 그 힘이 세계를 휩쓴 것이다.

당시 몽골기병에 대항했던 유럽 군인들도 말을 탔다. 그러나 유럽에서 말을 탄 사람은 장교에 불과했다. 게다가 말을 타는 장교는 30~60킬로그램에 육박하는 갑옷을 쓰고 말 위에 올랐다. 기동력이 있을 수가 없다. 그는 그저 지휘자일 뿐이었다. 그들의 상대인 몽골기병들은 병사 하나가 대여섯 마리의 말을 옮겨 타며 돌진해 왔다. 몽골기병들이 바람처럼 말을 달리며 칼을 휘두르면 유럽인들은 도저히 당해낼 수가 없었다.

내 호기심은 칭기즈칸과 몽골기병들을 키워낸 몽골대륙과 그 힘의 원천에 있었다. 그래서 그 넓은 대초원에서 말을 타고 달려보고 싶었다. 나는 그것을 해냈다. 처음에 여행사에 이 계획을 이야기하자, 그들은 고개를 절레절레 흔들었다.

"불가능합니다!"

비행기를 타고 가 울란바토르에서 내려 다시 차를 타고 초원길을 열여섯 시간 달려가야 칭기즈칸이 태어난 헨티 아이막에 이른다. 그런데 백 명, 이백 명에 이르는 인원이 낡은 승합차를 타고 그 긴 시간 동안 덜컹이는 길을 달려간다면 아마 폭동이 일어날 것이라고 했다. 그러나 그들의 말은 틀렸다. 꿈을 꾸는 사람들에게 불가능이란 없다. 우리 일행은 그 길을 묵묵히 갔고, 보름이라는 시간 동안 말만 타는 여행을 모두 만족스럽게 마쳤다. 십대에서 육십대까지의 참가자들은 대부분 한 번도 말을 타본 적이 없는 사람들이었다. 그러나 돌아올 즈음에는 모두가 말을 타고 몽골의 초원을 마음껏 달릴 수 있었다.

지금 이 시대를 사는 사람들에게 말타기가 기본기는 아니다. 그러나 우리는 몽골기병과 칭기즈칸의 호연지기를 기르며 드넓은 세상을 만나고 온 것이다. 부모님의 권유로 참가했던 학생들은 더 큰 꿈

을 가슴에 품고 돌아왔다. 그들의 부모님들은 깜짝 놀랐다고 한다. 아이들의 눈빛이 달라지고 생활습관이 달라졌던 것이다. 꿈을 갖게 됐기 때문이다. 아무리 "공부해라, 공부해라" 해도 안 하던 아이들이 스스로 공부를 시작했다. 가슴에 큰 꿈을 품게 됐고, 그 꿈을 이루는 방법을 알게 됐기 때문이다.

처음 시작은 내 꿈을 이루기 위한 여행이었다. 그러나 그것은 '꿈을 이루는' 여행을 넘어 '꿈을 키우는' 여행이 되었다. 여행을 다녀온 사람들은 형형해진 눈빛으로 꿈을 하나씩 마음에 품기 시작했다. '몽골에서 말타기' 가 '꿈 너머 꿈' 의 징검다리가 된 것이다.

여섯 선장부터 구하라!

"물에 빠진 선장부터 구하라"

—나는 괜찮으니 해상에 표류 중인 선장을 먼저 구조해 달라

침몰한 선박의 60대 기관장이 표류 중인 선장을 먼저 구조토록 한 뒤 자신은 차가운 바닷물에서 수시간 떠다니다 뒤늦게 구조됐으나 끝내 저체온증으로 숨져 주위를 안타깝게 하고 있다.
안타까운 사연의 주인공은 전남 목포선적 41t급 예인선 제 2대성호 기관장 정용필(64 · 목포시 산정동) 씨. 제 2대성호는 지난 2일 오후 6시 32분쯤 전남 신안군 도초면 도초도 남쪽 1.8㎞ 해상에 정박하기 위해 닻을 놓던 중 한쪽이 심하게 기울면서 침

몰했다. 이 배는 해상사고 연락이 올 경우 출동하기 위해 대기 중이었으며, 정씨와 선장 임재성(59 · 부산 영도구) 씨 등 2명만 타고 있었다. 배가 침몰하자 기관장 정씨는 선장 임씨와 함께 황급히 배를 탈출했다.

때마침 인근을 지나던 목포선적 9.77t급 연안자망 107분도호 선장 이석원(48 · 목포시) 씨가 이들을 발견, 구조에 나섰다. 이씨에 따르면 침몰 당시 펼쳐진 구명벌(해상 조난자들을 위해 만들어진 땅콩 모양의 기구)을 타고 있던 기관장 정씨는 이씨가 구조하려고 접근하자 "구명벌을 타고 있으니 나는 괜찮다. 물에 빠진 선장을 구조해 달라"고 요청했다.

이에 이씨는 사고 해역에서 200여m 떨어진 곳에서 허우적거리고 있는 선장 임씨를 발견, 구조했다. 이어 정씨를 구조하려 했으나 높은 파도와 칠흑 같은 어둠 속에서 구조하지 못하고 목포해경에 신고했다. 신고를 받은 해경은 경비정 5척과 공군 조명기를 동원해 조명탄 80발을 쏘며 구명벌을 찾아 나섰다.

5시간에 걸친 수색 끝에 3일 오전 0시쯤 구명벌을 발견하고 정씨를 구조해 목포로 이송했으나 정씨는 저체온증으로 끝내 숨졌다. 목포해경 관계자는 "목숨이 경각에 달린 상황에서 자신보다 남을 먼저 생각한 정씨의 행동에서 살신성인의 고귀한

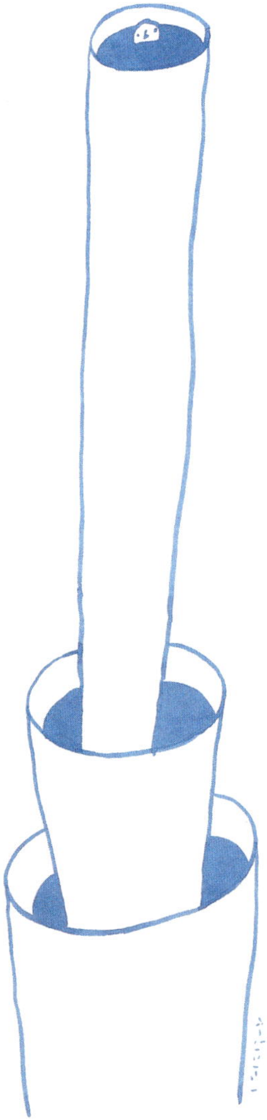

정신이 느껴진다. 고인의 명복을 빈다”고 말했다.

문화일보 2006-03-04 정우천 기자

나는 이 기사를 오래도록 읽었다. 읽고 또 읽었다.

그리고 내게 물었다.

‘나라면 과연 어떤 선택을 했을까?’

얼른 대답이 나오지 않았다. 부끄러웠다. 바로 그 순간, 내 머릿속에 또 다른 질문이 계속해서 번개처럼 스쳤다. ‘지금의 나의 삶은, 혹 누군가 나를 대신해 목숨을 던진 덕분이 아닐까? …… 만약 그렇다면, 나는 지금 덤으로 살아가는 인생이 아닌가? …… 그렇다면, 나도 누군가를 위해 아낌없이 주며 살아야 하지 않을까?’

일곱

절체절명의 순간, 나를 움직이는 것

"비상시에는 산소마스크가 위에서부터 내려올 것입니다. 만약 어린아이들을 동반하셨다면, 보호자가 먼저 착용하신 후에 아이들의 착용을 도와주십시오……."

반쯤 감겼던 내 눈이 번쩍 뜨였다. 며칠 동안 바쁜 일정을 치르느라 천근 같았던 머릿속도 갑자기 환해졌다. 강연을 위해 캐나다 행 비행기에 몸을 싣고 있을 때였다.

비행기가 이륙하자마자 비상시 안전수칙 고지 영상물이 상영되고 있었다. 구명조끼 착용 방법, 비상 탈출구의 위치, 비상시의 행동요령 등 늘상 들었던 내용들 사이로 저 메시지가 흘러 나왔다. 화면 속에는 한 어머니가 자신이 먼저 마스크를 착용한 후 아이에게

마스크를 씌워주는 장면이 나왔다.

'보호자가 먼저 착용하신 후에 아이들의 착용을 도와주십시오.'

어머니가 산소마스크를 아이에게 먼저 씌워주느라 허둥대다 보면 보호자가 의식을 잃을 수 있고, 그러면 보호자 자신의 목숨은 물론, 아이의 목숨마저 잃을 수 있다는 것이다. 내가 먼저 살아야 아이도 살릴 수 있는 것이다. 이것은 '내가 먼저 행복해야 남도 행복하게 해줄 수 있다' 는 행복이론과도 통한다.

그러나 앞서 소개한 표류하는 기관장의 경우처럼, 어머니와 아이 중 한 사람밖에 살 수 없을 절대의 시간이 주어진 상황이라면 이야기는 달라진다. 당신이 그런 상황에 처한 어머니의 입장이라면 어떻게 할 것인가. 내가 살면 아이는 죽고, 아이를 살리면 나는 죽는다…… 어떻게 할 것인가.

절체절명의 위기 순간은 사람을 극한으로 몰아간다. 인간의 숭고함과 위대성은 바로 그 극한의 상황에서 나타난다.

인간이 가진 가장 숭고하고 가장 위대한 정신은 자기희생이다. '이 삶의 몫은 내 몫이 아니고 내 아이의 몫이다', '이 삶의 절대 시간은 내 것이 아니고 젊은 선장의 것이다' 하는 자기희생의 모습은 사람들을 감동시키고 숙연케 한다.

선장부터 구하라며 자신을 희생한 기관장이나 1965년 훈련병이 잘못 던진 수류탄을 자신의 몸으로 덮쳐 희생을 최소화하고 스스로 산화한 강제구 소령처럼 현실에서도 우리는 이런 자기희생의 위대한 성인들을 만나게 된다.

3

꿈 너머 꿈으로 가는 길

인생에서 가장 고통스러운 것은

꿈에서 깨어났을 때 갈 길이 없는 것입니다.

꿈을 꾸고 있는 사람은

행복합니다.

아직 갈 길을 발견하지 못했다면,

제일 중요한 것은

그를 꿈에서 깨우지 않는 것입니다.

루쉰의 《아침꽃을 저녁에 줍다》 중에서

하나

장난감 자동차와 스케이트

내가 기억하는 생애 최초의 꿈은 장난감 자동차를 갖는 것이었다.

어느 날 부잣집 아들인 한 친구가 우리 집에 놀러왔는데, 형형색색의 자동차 장난감을 가지고 왔다. 난생 처음 보는 것이었다. 그것이 어찌나 탐났는지 모른다.

나는 빼앗거나 훔치고 싶을 정도로 그 자동차가 갖고 싶었다. 심지어 친구가 돌아간 다음에도 자동차 생각이 떠나지 않아서 어머니 앞에 슬그머니 다가가 장난감 자동차 하나 사달라고 조를까도 생각했다. 그러나 그 말은 목구멍까지 올라왔다가 그냥 들어갔다. 어린 나이였지만 나는 우리 집 형편을 빤히 알고 있었다. 괜히 어머니 마음을 무겁게 해드리고 싶지 않았던 것이다. 나는 끝내 그 장난감 자동차를 갖지 못했다.

중학교 2학년 때, 나에게는 또 하나의 꿈이 생겼다. 이번에는 스케이트였다. 겨울이면 꽁꽁 언 방죽에서 썰매를 타곤 했는데, 친구 중 한 명이 번쩍이는 스케이트를 가지고 있었다. 친구 열 명 중에 그 녀석만 스케이트가 있었다. 녀석은 있는 폼 없는 폼 다 잡으면서 스케이트를 탔고, 나머지 아홉은 방죽가에 앉아 그 친구가 한 번 빌려주기만 기다리고 있었다.

집에 가는 길에 나는 다시 마음을 다졌다. '오늘은 가서 어머니한테 중고품이라도 좋으니 스케이트를 꼭 사달라고 해야지.'

그러나 막상 어머니 얼굴을 보는 순간 또 아무 말도 할 수 없었다.

운동을 좋아하는 나는 안 해본 스포츠가 없다. 하지만 딱 하나, 스케이트만은 타본 적이 없다. 그때 이후로 아예 스케이트를 안 배워 버렸기 때문이다.

언젠가 내 아이들이 스케이트 타는 모습을 물끄러미 바라보면서, 이런 생각이 들었다.

'그때 스케이트 하나 사달라고 말했으면 어떻게 되었을까? 아마도 어머니는 아무리 형편이 어려웠다 할지라도, 아들의 간절한 부탁을 들어주셨을지도 모른다. 아들이 그것 때문에 잠을 못 이루고 있다는 것을 알았다면 어머니가 무슨 수를 써서라도 구해주지 않으

셨을까?'

마음속에 품고 있는 것만으로 꿈을 이룰 수는 없다. 이루고 싶은 꿈이 있다면 말해야 한다. 토로해야 한다.

실제로 그런 경험들이 있을 것이다. 끙끙거리고 혼자서 오랜 시간 고민하다가 우연찮게 친구에게 이야기했더니 너무나 쉽게 풀리는 경험. 꿈이 이루어지는 과정에도 그런 일은 비일비재하다.

나이가 들수록 사람들은 꿈을 잃어간다. 더 정확하게는 꿈을 말하기를 두려워한다. '내 나이에 무슨', '나는 평범한 사람인데', '이렇게 살면 됐지 뭐' 하며 지레 접어버린다. 그러면서 점점 꿈과 멀어지는 것이다. 혹시 그렇게 꾹꾹 누르고 참고 지레 접어버린 꿈은 없는가?

지금 당장 꿈의 창고를 뒤져보라. 그 안에서 애써 잊으려 했던 꿈들을 다시 꺼내 먼지를 털어보라. 그리고 말하라. 자기 자신에게 말하고, 다른 사람에게도 말하라. 그것도 힘들다면 최소한 어딘가에 적어놓기라도 하라.

꿈을 가진 사람은, 꿈 너머 꿈을 가진 사람은 그 꿈을 말해야 한다. 그래야 하늘이 듣고, 세상이 듣고, 이웃이 듣는다. 거기에서부터 꿈은 이루어지기 시작한다.

둘 다섯 개의 조약돌로 거인을 쓰러뜨린 소년

2006년 겨울, 열여섯 살의 가녀린 몸으로 얼음판을 가르던 김연아 선수는 우리 모두의 영웅이었다. 그는 프랑스 파리에서 열린 '2006~2007 국제빙상경기연맹(ISU) 피겨스케이팅 시니어 그랑프리 4차 대회'에서 금메달을 목에 걸면서, 한국 최초의 스케이팅 금메달리스트가 되었다.

그리고 올해 일본에서 열린 '2007 세계선수권대회'에서 경기장을 가득 채운 일본 관중들을 매혹시키며 또 한 번의 쾌거를 이루어냈다. 두 번의 실수로 비록 동메달에 머물렀지만 그녀는 우아한 자태로 단연 돋보이는 연기를 보여주었다.

일곱 살 때 취미 삼아 처음 스케이트를 탔다는 김연아 선수는 타고난 재능도 있었나 보다. 스케이팅을 시작한 지 불과 1년 만에 우리나라에 더 이상 경쟁 상대가 없었다고 한다. 전국체전 초등부 1위를 시작으로 이후 국내 대회 우승을 휩쓸었다.

그런 결과가 나오기까지 그 작은 몸이 치렀어야 할 과정은 쉬이 짐작이 간다. '연습요정' 이라는 별명이 그 고통의 과정을 잘 설명해 준다. 그녀는 하루 10시간이 넘는 훈련을 통해 고난도 점프를 비롯한 기술들을 완성시켰다. 진짜 요정처럼 우아하게 점프하며 회전하는 모습이 나오기까지 김연아는 차가운 얼음판에서 수없이 넘어지고, 멍들고 눈물을 쏟던 시간이 있었을 것이다.

모든 영광은 하루아침에 그냥 이루어지지 않는다. 꿈을 이루기 위해 반드시 필요한 것들이 있다. 그것은 '기본기' 다. 기본기는 한 걸음부터 시작하는 것이다. 한 번에 두 걸음씩 건너뛰지 못한다. 성실함, 치열함, 지겨울 정도의 반복 훈련을 요구하는 것이 기본기다.

김연아 선수와 마찬가지로 발레리나 강수진과 축구선수 박지성의 울퉁불퉁한 발은 그들이 거쳐온 기본기의 시간을 말해 준다. 타고난 재능도 중요하지만 그보다 더 중요한 것은 노력이다. 그 노력을 통해 요정처럼, 마술사처럼 요술을 부릴 수준의 경지에 이르러야 한다.

《성경》에 나오는 다윗과 골리앗의 이야기는 너무도 유명하다. 양치기 소년인 다윗은 9척 거인인 블레셋 장군, 골리앗을 혼자서 기적처럼 쓰러뜨렸다. 그것도 오로지 다섯 개의 조약돌을 가지고서. 나는 그 기적적인 승리의 원천인 다윗의 '기본기'에 대해서 생각해 본다. 그리고 그가 들고 나선 조약돌을 생각해 본다. 다윗과 조약돌 다섯 개는 무슨 상관일까…….

들판에 양떼를 몰고 나간 소년에게는 온종일 무료한 시간이 펼쳐졌을 것이다. 그때 조약돌은 그의 친구였으리라. 그는 돌을 가지고 혼자서 실컷 놀았을 것이다. 이렇게도 던져보고 저렇게도 던져보다가 어느 날, 늑대가 나타났을지도 모른다. 양들을 해치려 맹수가 나타났는데 도움을 청할 사람도 없었을 테고 오직 자신만의 힘으로 그 상황을 타개해야 했을 것이다.

처음에는 심장이 콩알만 해지도록 놀랐겠지. 그러다 물러설 수 없는 상황임을 알았을 때, 바닥에 떨어져 있는 돌멩이를 집어 들었을 것이다. 그리고 혼신의 힘을 다해 힘껏 던졌을 것이다. 맹수를 물리치고 더욱 연습에 몰두하여 '나에게 조약돌 다섯 개만 있으면 그 어떤 맹수가 나타나도 거뜬히 물리칠 수 있다'는 자신감과 용기를 갖게 되었을 것이다.

그러다 골리앗을 상대한 것이다. 왕은 물론이고 모든 장수들과 병사들이 공포에 떨고 있을 때, 일개 양치기 소년인 다윗이 나섰다.

"제가 나가겠습니다."

그는 조약돌 다섯 개를 들고 나섰다. 다른 무기는 없었다. 갑옷도 필요 없었다. 평소에 자유자재로 다루던 돌멩이니까, 다섯 개 중에 하나는 내가 저 놈 이마빡을 맞출 수 있을 거라는 자신감이 있었던 것이다. 그리고 해냈다.

이것이 기본기다. 언젠가 TV 오락 프로그램에 탁구 챔피언 유남규 선수가 출연해 '묘기'를 선보인 적이 있다. 탁구공 다섯 개를 주고, 건너편 탁구대 모서리에 꽂아놓은 바늘을 맞추는 묘기였다. 나는 관심 있게 그 장면을 지켜보았다. 당사자에게는 얼마나 진땀나는 순간일까. 네 개의 공이 바늘을 비껴 지나갔다.

이제 남은 공은 하나. 나도 모르게 손에 땀이 났다. 그리고 다음 순간, 마지막 공이 네트를 맞고 넘어갔다. 숨이 멎을 듯한 짧은 시간이 지나고 탁구공은 정확하게 바늘을 맞혔다.

김연아 선수가 얼음 위를 날듯, 다윗이 조약돌 다섯 개로 거인을 쓰러뜨리듯, 유남규 선수가 다섯 번째 탁구공으로 바늘을 맞히듯, 요술을 부릴 정도로 기본기를 쌓아야 한다. 신의 손, 신의 발이 되어야 한다. 그러면 그 요술 가운데 꿈을 이루는 비법이 나온다. 기본기는 기본적으로 연마해야 한다. 그것이 꿈을 이루기 위한 방법이며, 비결이며, 기적이다.

셋 영어에 미쳤어

2006년 말, 꿈 같은 일이 일어났다. 우리나라에서 유엔 사무총장이 탄생한 것이다. '세계의 대통령'이라고도 불리는 이 자리에 세계 유일의 분단국가이자 불과 50여 년 전에 그 UN의 도움을 받았던 나라, 대한민국 사람이 선출된 것이다. 반기문 유엔 사무총장. 고등학교 시절부터 외교관의 꿈을 꾸었던 한 소년은 그렇게 자신의 더 큰 꿈을 이루어가고 있다.

1944년 충북 음성에서 4남 2녀 중 장남으로 태어난 반기문 사무총장은 어린 시절부터 공부가 주특기였다. 모교인 충주고등학교에 보관된 생활기록부에도 3년 내내 '수'만 기록되어 있을 정도다. 공부가 주특기였던 그의 면모는 영어공부에서도 드러났다.

충주중학교 시절, 영어 선생님이 그날 배운 것을 무조건 열 번씩 써오라고 했는데, 그는 숙제를 하는 것에 그치지 않고 아예 문장 전체를 통째로 외워버렸다. 영어로 된 것이라면 뭐든지 닥치는 대로 읽고 외워버리는 그의 모습을 보고 친구들은 혀를 내두르며 말했다.

"영어에 미쳤구만, 미쳤어!"

그러다 보니 영어 실력은 자연히 좋아질 수밖에 없었고, 고 1때는 같은 반 학생을 위한 영어 교재까지 만들 정도였다. 마침 충주에는 충주비료공장이 있었는데 그곳에는 미국인 엔지니어들과 가족들이 살고 있었다. 그 미국인 엔지니어의 부인들이 돌아가면서 학생들을 상대로 영어 회화를 가르쳤다고 한다. 물론 반기문 학생이 가장 열심이었다. 당시 그를 가르치던 부인들도 영어로 된 것이면 뭐든지 달달달 외우고 다니던 그의 모습에 감탄했다고 한다.

그가 미친 듯이 몰두했던 영어가 마침내 그에게 기회를 줬다. 고등학교 2학년 때였다. 미국 정부가 주최하는 영어 웅변대회에 나가 입상을 했고, 부상으로 워싱턴에 초청된 것이다. 미국 방문 중에 외국 학생들과 함께 워싱턴에서 존 F. 케네디 대통령도 만났다. 케네디 대통령이 장래 희망을 묻는 자리에서 그는 "외교관!"이라고 크

게 대답했다. 이듬해, 반기문은 서울대학교 외교학과에 입학하며 외교관으로 가는 첫 관문을 무사히 통과했다. 그리고 외무고시에 합격해 그토록 원했던 외교관의 길을 걷게 되었다.

꿈은 이루어진다. 멈추지 않고 미친 듯이 달려가는 이에게 꿈은 두 팔을 벌리고 다가온다.

넷 샌더스 대령의 1,009번째 도전

프라이드치킨의 대명사로 통하는 KFC의 상징은 문 앞에 서 있는 하얀 양복의 할아버지다. 그는 KFC의 창업주인 커넬 할랜드 샌더스. 자신의 이름보다 '샌더스 대령'으로 널리 알려져 있는 인물이다. 그의 성공담은 많은 이들에게 알려져 있다.

다섯 살에 아버지를 잃은 그는 일곱 살부터 삯바느질하던 어머니를 도와 두 동생들에게 빵을 구워주었고, 열 살에는 이웃농가에서 일하며 돈을 벌었다. 열한 살에는 남의 집에서 새벽 네 시 반부터 일어나 쟁기질과 열여섯 마리나 되는 젖소들의 젖을 짜는 등 하루 열네 시간의 노동을 했다. 어렵게 초등학교를 졸업한 후에는 대장장이, 철도 소방원, 직업군인, 보험 외판원, 유람선 종업원 등을 전

전했고 스물아홉 살에 주유소를 차렸다. 그러나 그것마저 대공황으로 망했다. 1929년 서른아홉에 주유소 한 귀퉁이에 식당을 차려 돈을 모았지만 4년 만에 불이 나 그마저 다 잃었다. 다시 식당을 열어 25년 동안 성실하게 일했지만 예순넷이 됐을 때, 갑자기 고속도로가 옮겨지면서 손님이 뚝 끊겨 파산지경에 이르렀다. 그는 연금을 받아 겨우 생활하는 사람으로 추락했다.

그러나 그는 이번에도 절망하지 않았다. 남들 같으면 인생을 마무리할 육십대 중반의 나이에 제 2의 인생을 다시 설계했다. 식당을 경영하며 고안한 특별한 닭튀김 기술을 이용해서 프랜차이즈를 만들고자 했다. 그는 압력조리기를 실은 고물차를 운전하며 투자자를 찾아 전국을 헤맸다. 만나는 사람들마다 일흔을 바라보는 노인의 제안에 코웃음만 쳤다. 그렇게 1,008번의 거절을 당했다. 그리고 1,009번째의 만남에서 그는 투자자를 만났다. 세계적인 '켄터키프라이드치킨(KFC)' 프랜차이즈는 그렇게 탄생되었다.

1,009번째 만에 첫 투자자를 만났다는 얘기는 1,008번의 절망과 자존심이 구겨지는 참담한 경험이 있었다는 얘기다. 거절을 당하고 나올 때마다 그는 쓴 눈물을 삼켰을 것이다. 자신의 꿈을 이야기했지만 그것이 비웃음으로 되돌아왔을 때의 모멸감과 허탈감이 그를 지치게 하고 극심한 절망감에 빠뜨렸을 것이다. 그러나 그는 무너

지지 않았다. 끝까지 포기하지 않았다. 돌파해 냈다. 그리고 1,009번째 만에 꿈을 함께하는 사람을 만날 수 있었다.

디즈니랜드를 세운 월트 디즈니도 301번의 거절을 경험한 사람이었다. 디즈니랜드의 꿈을 가지고 사람들을 찾아다닐 때, 사람들은 모두 그를 황당하다는 눈으로 바라봤다. 한마디로 미친 사람 취급이었다. 삼백하고도 두 번째 만에 첫 동반자를 만났다. 삼백 한 번의 좌절 끝에 만난 동반자와 더불어 그는 디즈니랜드라는 환상의 공간을 만들어냈다.

샌더스 대령과 월트 디즈니에 비교할 수는 없겠지만, 나에게도 그런 비슷한 경험이 있다.

〈고도원의 아침편지〉를 처음 발송할 때의 일이다. 대규모로 이메일을 발송하기 위해 기술자들의 도움을 받아야만 했다. 도움을 청하기 위해 이 사람 저 사람을 만났다. 그들에게 열심히 내 꿈을 이야기했을 때 반응은 한결같았다.

"이것이 돈이 되겠느냐", "그 시간에 차라리 바둑을 두거나 낮잠이나 자지 왜 이런 걸 하려드느냐."

내 꿈의 고백이 보기 좋게 거절당하고 돌아 나올 때 그 뒤통수가 얼마나 뜨겁고 아픈지, 경험하지 않은 사람은 잘 모를 것이다. 다행스럽게도 나는 1,008번이나 301번까지는 가지 않고 아홉 번의 거

절 끝에 열 번째 사람을 만났다. 그 열 번째 사람의 반응은 아홉 번째와는 달랐다.

"와, 이거 좋은데요. 정말 멋진 일이 되겠는데요!"

그것으로 충분했다. 그의 한 마디로 나는 힘들었던 좌절의 시간을 딛고 일어설 수 있었다. 〈고도원의 아침편지〉의 시작이 가능하게 된 것이다.

꿈은 간혹 비웃음을 사기도 한다. 그 꿈을 이해하지 못하는 사람들로부터 손가락질당하기도 한다. 그렇다 하더라도 나만은, 자신만은 흔들려서는 안 된다. 나만은 나를 믿어야 한다. 내 꿈을 믿어야 한다. 그리고 일어나 끝까지 걸어가야 한다.

혹시라도 약해지려고 할 때면 1,009번의 도전 끝에 꿈을 이루어낸 사람, 하얀 수염으로 웃고 있는 그 할아버지를 기억하자. 두 다리에 절로 힘이 생겨날 것이다.

다섯 장애물이 아니라 징검다리였네

꿈 너머 꿈으로 가는 길이 흔들릴 때가 있다. 수많은 장애물이 복병처럼 나타나기 때문이다. 때로 그 장애물은 너무 크고 무거워서 깊은 고통과 절망의 그늘 속으로 들어가기도 하고, 단 한 걸음도 앞으로 나아가지 못하기도 한다.

그러나 바로 그때가 가장 중요하다. 결코 주저앉아서는 안 된다. 절대 꿈을 포기하지 말아야 한다. 주저앉거나 포기하지 않으면, 반드시 길이 열린다. 장애물을 극복할 수 있는 길이 틀림없이 나타난다는 말이다. 그리고 먼 훗날 자기가 걸어온 길을 뒤돌아보게 되면, 그때 길을 가로막았던 장애물이 사실은 꿈 너머 꿈으로 가는 길에 더없이 소중한 징검다리였음을 깨닫게 된다.

나의 지난 인생에도 장애물은 많았다. 그럼에도 외형적인 경력만 가지고 보면 승승장구 성공한 사람으로 보인다.

대학신문 편집국장, 〈뿌리깊은 나무〉 기자 5년에 〈중앙일보〉 기자 생활 15년, 대통령 연설담당 비서관(1급 공무원), 〈아침편지 문화재단〉 이사장…… 이 목록만 보면 정말 승승장구한 사람처럼 보인다. 그러나 반드시 그렇지만도 않다.

나는 일찍부터 글쟁이의 길을 가고자 했다. 그 꿈은 금세 이루어지는 듯했다. 대학 재학시절 〈연세춘추〉(연세대 대학 신문) 학생 기자가 되어 편집국장 자리에까지 올랐던 것이다. 그러나 날개는 금세 꺾였다. 유신시대라는 시대적 상황 앞에서 수차례의 필화 끝에 마침내 긴급조치 9호로 제적을 당해야만 했고, 감옥과 강제징집이라는 어려운 시련의 터널을 통과해야만 했다.

강제징집으로 입대하여 만 3년 만에 제대를 하고 아무 데도 갈 곳이 없었다. 어떤 곳에서도 나를 받아주지 않았기 때문이다. 임시직도 안 됐다. 일용직 노무자마저도 퇴짜를 당했다. 할 수 있는 것이라곤 장사밖에 없었다. 그래서 문방구를 열려고 했다. 그러나 그마저도 사기를 당하는 바람에 수중에 있던 전 재산을 날렸다. 하늘이 노래졌다. 털썩 주저앉았다. 아무것도 보이지 않았다.

다시 정신을 차려 이번에는 웨딩드레스 장사를 하게 됐다. 장사는 잘 됐다. 그러나 그 사이 아내는 두 번의 유산을 겪었다. 임신 8개월에 조금만 더 있으면 세상과 만날 수 있는 아이였는데 그만 양수가 터져서 싸늘한 주검이 되고 말았다. 고통과 시련의 그늘이 늘 내 주위를 맴돌았다. 그러다 지금은 없어진 한 무명의 잡지사에서 기자직을 제안해 왔을 때 나는 뛸 듯이 기뻤다. 가슴속 저 밑바닥에 접어두었던 글쟁이의 꿈이 꿈틀거리며 설레기 시작했다. 하지만 다시 전화를 하겠다던 잡지사의 전화는 두 번 다시 걸려오지 않았다. 일주일 동안 전화통 앞에 앉아 기다리다 결국 포기하게 되었는데, 그 잡지사에서 걸려오는 전화벨 소리의 환청은 6개월 동안이나 나를 괴롭혔다.

그러다가 어렵사리 〈뿌리깊은 나무〉 기자가 되었다. 얼마나 신바람이 났던지, 첫 월급 십만 원을 받았을 때 '이렇게 재미있는 일을 하는데 돈까지 주네?' 하는 기분이었다. 그러나 그 기분도 오래가지는 못했다. 참으로 열정을 가지고 일했던 〈뿌리깊은 나무〉 잡지가 신군부의 지시로 강제 폐간되어 다시 백수가 되어야 했다. 거대한 절망의 장애물이 또다시 나타난 것이다. 마치 나는 낭떠러지에 대롱대롱 걸려 있는 듯했다. 모든 길은 끊겨 있었다. 내 인생을 가로막는 수많은 장애물 앞에서 나는 무력하기만 했다.

그러나 말이다, 그로부터 한참의 세월이 흐른 후 뒤돌아봤을 때

나는 놀랐다. 내 인생의 길을 가로막는 끔찍한 장애물이라고 생각했던 것들이, 실은 나로 하여금 내가 꿈꾸는 길로 제대로 걸어올 수 있도록 도와준 징검다리였던 것이다.

만약 문방구를 하려고 했을 때 사기를 안 당했다면, 지금의 나는 과연 어찌 되었을까. 아마도 지금까지 어느 고등학교 앞에서 문방구를 열심히 운영하고 있지 않았을까? 아내가 유산을 하지 않아 웨딩드레스 장사를 계속했다면? 지금도 서울 아현동 고개에서 웨딩드레스 장사에 홈빡 빠져 나날이 번창해 있을지도 모른다. 〈뿌리깊은 나무〉가 폐간되지 않았다면 지금쯤 그 회사의 임원이 되어 있지 않을까? 모두 다 성공적이고 근사한 일이라 할 수도 있겠지만, 그런 좌절과 고통의 장애물이 없었더라면 분명 오늘의 〈고도원의 아침편지〉가 탄생되지는 않았을 것이다.

니체의 유명한 말이 있다. "왜 살아야 하는지 아는 사람은 어떠한 상황도 견딜 수 있다." 나는 이 말을 이렇게 고치고 싶다. "꿈을 가진 사람은 어떠한 상황도 견딜 수 있다."

정말이지 꿈을 가진 사람은 그 어떤 장애물도 두렵지 않다. 장애

물이 꿈으로 가는 길을 가로막는 것이 아니라, 그 꿈을 실현시키는 징검다리가 된다는 것을 나는 알고 있기 때문이다.

절망적인 상황을 만났을 때 그 절망에 빠져들지 말아야 한다. 대신, 자신의 마음과 대화를 해야 한다.

'틀림없이 여기에 무슨 뜻이 있을 거야. 그 뜻이 뭘까?'

그 뜻을 찾아야 한다. 그리고 다시 묵묵히 길을 가면 된다.

여섯

죽이 더 맛있지!

저라고 매번 설교를 잘하는 것은 아닙니다.
못할 때도 있습니다. 그러면 예배가 끝나고
교인들에게 인사를 할 때, 미리 아내에게
선수쳐서 이렇게 말합니다.
"여보, 오늘 설교 죽 쑀어."
그때 제 아내가 어떻게 말한 줄 아십니까?
"여보, 죽이 더 맛있어!" 라고 말합니다.
그 말이 엉터리인 줄 알면서도 힘이 됩니다.

장경동의 《장경동 목사의 아주 특별한 행복》 중에서

대전 중문침례교회 장경동 목사님의 이 이야기를 나는 아내를 통해 먼저 들었다. 사람들의 마음을 쥐었다 놓았다 하는 감동적인 설교를 하는 분으로 소문나 있지만, 이분도 간혹 설교가 안 돼서 상심할 때가 있나 보다.

나도 강연을 많이 다니는 편이지만 사실 연단에 서보면 자기 자신이 누구보다 잘 안다. 오늘 강연이 잘 됐는지, 죽을 쒔는지. 이야기가 술술 풀리는 날이 있는가 하면, 같은 이야기인데도 이상하게 안 풀리고 굉장히 피곤한 날이 있다. 그럴 때 연단에서 내려오면 남들에게 말은 안 하지만, 마음이 굉장히 위축된다.

아마 장경동 목사님도 그런 위축된 상태에서 가장 가까운 아내에게 선수치듯 말을 던졌던 모양이다. "여보, 나 오늘 설교 죽 쒔어." 바로 그때 그의 아내로부터 "죽 맛이 더 좋지!"라는 말을 들은 것이다.

나는 내 아내가 TV를 통해 본 후 전해준 장경동 목사님 부부의 이야기를 아주 감동 깊게 들었다. 그리고 아내가 말을 마쳤을 때, 내 입에서는 나도 모르게 한 '고백'이 튀어나왔다.

"당신은 늘 내게 죽 맛이 더 좋다고 말한 사람이야."
"에이……."

내게 있어 아내는 천군만마와 같은 지원군이다. 모든 희망과 기운을 다 빼앗긴 듯 실망했을 때에도 다시 일어설 수 있는 힘을 주는 에너지원이다. 내 이야기를 언제나 가장 재미있게 들어주는 거의 유일한 사람, 단 한 번도 지루해하거나 무시하지 않고 눈을 반짝이며 들어주는 유일한 사람, 바로 그 사람이 나의 아내이다. 아마도 내가 정말 '미친 사람' 같은 일을 한다 해도 멋있다고 말해줄 것이다. "아, 멋있다! 한번 해봐!" 하면서.

내가 피터 팬 같은 마음으로 '고도원의 아침편지', '몽골에서 말타기', 아침편지 명상센터인 '깊은산속 옹달샘' 같은 요상망측한 구상들을 이렇게 저렇게 늘어놓아도 아내는 언제나 흥미진진하게 듣는다. 그리고 나를 격려해 준다.

거기에서 끝이 아니다. 내가 한 이야기를 또 다른 누군가에게 전한다. "우리 애 아빠가 말이야……" 역시나 눈을 반짝이며 말이다. 그럼 그 요상망측한 구상을 듣는 사람은 내 아내를 얼마나 이상하게 보겠는가. 같이 꿈속에 살지 말고 정신 차리라고 말해주는 사람도 있을 것이다. 그러면 아내는 내게 와서 그 사람을 흉본다. "알지도 못하면서……"라고.

그런데 나중에 들어보면, 아내 자신도 그 당시의 내 말을 정확하게 이해하지 못했다. 그러니 사실 전달도 제대로 못한 것이다. 내가 열 개를 얘기했으면 어떤 건 스무 개로 부풀려서 이야기하고 어떤 건 하나로 줄여서 이야기한다. 그렇게 제대로 파악도 못한 채 마구 이야기를 한다.

그것이 이 사람의 '마음'이다. 그저 무조건적으로 좋게 보고 지지하는 그 마음. 나로 하여금 꿈꾸게 하고 살아 있게 하는 힘이 거기에 있다. 무조건 믿어주고 기다려주고 재미있어 하고 칭찬해 주는 사람. 그 사람이 주는 에너지로 나는 꿈 너머 꿈의 길을 걸으며 살아간다.

일곱 감사의 힘, 모르핀보다 강하다

일본 기업 내쇼날의 창업자 마쓰시다 고노스케는 자수성가한 사업가로 잘 알려져 있다. 그는 집안의 몰락으로 초등학교 4학년을 중퇴하고 자전거포 점원으로 일하며 사회생활을 시작했다. 밤마다 어머니가 그리워 눈물 흘리던 어린 마쓰시다는 온몸으로 세상을 배워 나가며 570개 기업, 13만 명의 종업원을 거느린 대기업의 총수 자리에까지 올랐다.

그는 자신의 성공 비결을 묻는 사람들에게 세 가지를 꼽곤 했다. '가난', '허약한 몸', '못 배운 것'.

이것들은 모두 그의 인생에서 가장 비참하고 불행한 시기를 거치게 한 불운들이었다. 그러나 그는 오히려 그런 조건들이 감사하다

고 말했다. 더 나아가 그런 조건들 때문에 자신이 성공할 수 있었다고 말했다. 가난했기 때문에 부지런히 일하지 않고서는 잘 살 수 없다는 진리를 깨달았고, 몸이 약했기 때문에 건강의 소중함을 깨달아 몸을 아꼈고, 못 배웠기 때문에 항상 세상 모든 이들을 스승으로 받들어 배우는 데 노력하였다는 것이다.

마쓰시다 고노스케의 성공에는 또한 이런 조건들만이 아닌 더한 무엇이 있었다. 이런 불운을 '감사하다' 고 말할 수 있는 그의 긍정적 마음이다. 그러나 그가 이 모든 것을 감사로 느끼기까지에는 시간이 필요했을 것이다. 그에게도 한때 불행을 원망하던 시절이 분명히 있었을 것이다. 다만 그것을 평생 곱씹으며 원망하느냐, 그러

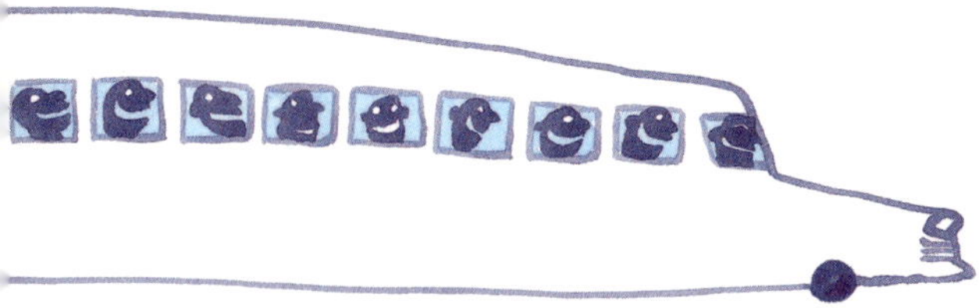

지 않느냐에 따라 인생 전체가 바뀔 뿐이다.

어제까지는 도저히 감사할 수 없는 일이었는데 오늘 그것을 감사로 받아들이는 순간, 그 사람의 인생은 달라진다. 삶으로부터 조그만 선물이 주어졌을 때, 시험에 들지 않도록 유의해야 한다. 조그만 선물에 감사하고 기뻐하는 사람에게만 그 다음, 더 큰 선물이 주어지는 것이 하늘의 섭리이다. 작은 일을 소홀히 하는 사람에게 하늘은 결코 더 큰 일을 맡기지 않는다.

감사의 힘은 과학적으로도 증명된 바 있다. 긍정적인 자세로 감사하는 마음을 가질 때, 뇌에서 α파가 생성된다고 한다. α파가 생성되면 β-엔도르핀 같은 쾌감 물질이 분비되어 기분이 좋아진다는 것이다. 이 쾌감 물질이 분비되면 통증까지도 완화된다. 모르핀과 같은 진통 효과가 있는 것이다. 그러나 반대로 화를 내거나 부정적으로 생각하여 남을 미워하거나 원망하는 마음을 가지면 β-엔도르핀은 분비되지 않는다.

많이 감사하자. 모든 일에 감사하자. 작은 일에도 감사하자. 어제까지 감사하지 않았던 일, 불평하고 원망했던 일까지도 감사하자. 감사의 위대한 힘이 우리를 성공의 길, 꿈 너머 꿈의 길을 걷게 할 것이다.

여덟

마더 테레사 효과

나누면 줄지 않고 더 많아진다. 비워지는 것이 아니라 더 채워진다. 그것이 나눔의 역설이며 나눔의 신비이다.

'나눔'에 대한 갈증은 누구에게나 있다. 대부분의 사람들은 나누는 삶을 꿈꾼다. 그러나 대체로 '나중에', '좀더 있다가'라고 말한다. 집부터 산 다음에, 애들 키워놓은 다음에, 돈 좀 더 번 다음에…….

그러나 우리의 욕망이 끝이 없다는 것도 잘 알고 있다. '열 평짜리 집에 살고 있으니까 스무 평짜리 집을 산 다음에 하지 뭐.' '스무 평짜리를 샀지만, 서른 평짜리로 옮긴 다음에 하지 뭐.'

그렇게 미루어진다는 것을 잘 안다.

콩알 한쪽도 나눠 먹는다는 말이 있다. 콩이 열 개 생겨야 나누는 게 아니라 한 개 있을 때부터 나눠 먹어 버릇해야 한다. 그런 사람에게 '나눔'은 습관이고 생활이 된다. 한 개 있을 때부터 나누다 보면 두 개 있을 때 더 많이 나누고, 열 개 있을 때는 더 많이 나눌 수 있다.

전 세계의 굶주린 이웃을 돕는 단체 〈한국국제기아대책기구〉에는 이들의 활동을 돕는 스폰서 기업들이 있다. 그 중에 대표적인 기업이 소망화장품이다. 이 기업은 1995년부터 기업 매출액의 1%를 매달 기부하고 있다. 당시의 소망화장품은 작은 회사였다. 매출이 크지 않았기 때문에 매달 1%의 금액이라고 해야 2백여만 원 정도밖에 되지 않았다. 사업을 하거나 기업을 운영해 본 사람은 알 것이다. 항상 들어가야 하는 돈들이 줄을 서 있고, 매출이 조금 오른다 해도 초기에는 투자에 더 힘써야 하기 때문에 그것을 뚝 떼어 후원을 한다는 것이 얼마나 어려운 일인지 말이다. 그러나 소망화장품은 그 일을 했다.

십여 년이 지난 지금, 소망화장품의 후원액은 연간 5억여 원에 달한다. 기업의 매출이 20여 배가 넘게 늘었기 때문에 후원금도 그만큼 늘어난 것이다. 이 기업은 지금도 한결같이 처음의 약속을 행하고 있다. 게다가 후원금액 비율을 점차 늘려가고 있다고 한다.

이것이 나눔의 기적이다. 나누는 쪽에서도 받는 쪽에서도 더하기가 아니라 곱하기의 기적이 이루어진다.

하버드 대학에서 의대생들을 대상으로 다음과 같은 실험을 했다고 한다. 학생들을 봉사 활동에 참여시킨 후 체내 면역 기능을 측정했다. 그 결과, 면역기능이 크게 증강되었다는 것이다. 이번에는 마더 테레사의 전기를 읽게 한 다음 인체 변화를 조사했다. 그런데 놀랍게도 단지 그 책을 읽은 것만으로도 면역기능이 크게 향상되는 것으로 나타났다고 한다. 연구진은 이와 같이 봉사활동을 하거나 봉사하는 모습을 보기만 해도 면역기능이 높아지는 것을 두고 '마더 테레사 효과' 라는 이름을 붙였다.

나눔은 남을 위한 것이기도 하다.

그러나 그것은 바로 '나' 를 위한 것이다.

아홉

'비밀 산타'의 위대한 비밀

꿈 너머 꿈의 출발점은 삶의 방향을 자기중심에서 단 한 걸음, 꼭 한 걸음만큼이라도 남을 위한 이타적 방향으로 내딛는 것이다. 그것은 곧 자기성숙이며 성장의 발걸음이 된다.

얼마 전, 미국에서 공개된 '비밀 산타'의 존재가 전 세계에 잔잔한 파문을 일으켰다. 수십 년간 크리스마스 무렵이 되면 산타가 나타나 어려운 사람들에게 현금을 선물했던 것이다. 그는 자신을 밝히지 않은 채 가난한 이들에게 100달러, 200달러, 500달러짜리 지폐를 전하고는 홀연히 사라졌다. 2001년 크리스마스에는 911테러로 슬픔에 잠긴 뉴욕에, 2004년 크리스마스에는 허리케인 피해를 입은 플로리다에도 나타났다. 그렇게 26년간 베일에 싸여 선행을 하던 산타의 존재가 어느 날 공개되었다. 그동안 자신을 꽁꽁 감춰 왔던 산타는 한 타블로이드 신문에 의해 비밀이 밝혀질 위기에 처하자 스스로 자신의 정체를 밝혔다. 58세의 장거리전화회사 사장인 래리 스튜어트가 그 주인공이었다.

그는 백만장자였지만 가난의 고통을 잘 아는 사람이었다. 1971년에 노숙자 신세였던 그는 돈도 희망도 없었다. 그해 겨울, 휴스턴에서 세일즈맨으로 일하던 회사가 망해 빈털털이가 된 그는 이틀 동안 굶어 허기를 참을 수 없자 무작정 식당에 들어가 아침을 시켜먹었다. 그리고 지갑을 잃어버린 척했다. 그때였다. 식당 주인이 자리로 와서는 바닥에서 20달러를 주운 척하며 "이 사람아, 자네가 돈을 떨어뜨린 것 같네"라며 곤경에서 구해준 것이다. 그는 그 돈으로 계산을 하고 나오면서 하나님께 맹세했다. '돈을 벌어 남을 도울 수 있는 처지가 되면 반드시 돕겠습니다.'

그리고 1979년, 크리스마스 2주 전의 어느 날이었다. 또다시 실직 상태였던 그는 식당에서 밥을 먹다가, 예전의 자신을 떠올리게 하는 초라한 차림의 여종업원을 보고 그 자신도 어려운 처지에 거스름돈 20달러를 팁으로 건넸다. 여종업원은 고마움에 눈물을 흘렸다. 그는 곧바로 은행에 가서 200달러를 잔돈으로 인출해 도움이 필요해 보이는 거리의 사람들에게 5달러와 10달러짜리 지폐를 나누어주며 '비밀 산타'의 첫 해를 보냈다.

이후 매년 연말이 다가오면 넉넉한 형편이 아님에도 불구하고 어김없이 가난하고 어려운 사람들을 찾아다니며 돈을 나누어줬다. 그러는 동안 그의 경제사정은 점점 좋아졌다. 1992년 시작한 장거리전화 사업과 케이블 TV 사업으로 큰돈을 벌게 되었고, 그의 산타 활동은 전국으로 범위를 넓혔으며 선물도 100달러짜리로 커지게 되었다. 1999년에는 18년 전, 자신에게 용기를 주었던 식당 주인을 수소문해 천 달러가 든 선물봉투로 보답하기도 했다.

그가 26년간 불우이웃들에게 나눠준 돈은 약 130만 달러(약 12억 원)에 이르는 것으로 알려졌지만, 그의 정체는 미스터리로 남아 있었다. 그가 자신의 존재를 밝히게 된 데에는 언론의 추적 외에 또 다른 이유가 있었다. 건강 때문이었다. 식도암이 간까지 퍼졌고 의사로부터 자신의 삶이 얼마 남지 않았다는 통보를 받게 된 것이다.

그의 이름이 공개된 뒤에 많은 사람들이 편지와 이메일로 자신도 '비밀 산타를 해보겠다'는 뜻을 알려왔고 래리 스튜어트는 그 사실에 대해 크게 기뻐했다. 그가 자신을 세상에 드러낸 이유가 바로 거기에 있었기 때문이다. 그는 이렇게 말했다.

"사람들은 서로 돕기 위해 이 세상에 온 게 아닌가요? 내 얘기가 알려져 더 많은 비밀 산타클로스들이 나왔으면 합니다."

2007년 1월 12일. 그는 식도암으로 인한 합병증으로 사망했다. 크리스마스가 보름 남짓 지난 후였다. 그는 자신의 생애 마지막 크리스마스에도 '비밀 산타' 의 역할을 수행했다. 몸을 움직일 수 없었기 때문에 직접 거리로 나설 수는 없었다. 대신 몇 명의 대리 산타들을 통해 자신의 돈을 나누어주었던 것이다.

나는 그가 떠나고 맞이하는 올해 크리스마스, 또 다음해 크리스마스, 앞으로의 모든 크리스마스에도 '비밀 산타' 의 행렬은 계속될 것이라 믿는다. '돈을 벌어 그 돈으로 어려운 사람들에게 기쁨을 주겠다' 는 래리 스튜어트의 꿈 너머 꿈이, 더 많은 사람들에 의해 번지고 퍼져서 지속되고 발전되리라 믿는다.

자신만을 위한 꿈을 이룬 사람은 성공한 인물이 될 수 있다. 그러나 위대한 인물은 될 수 없다. 큰 부자도 될 수 있고, 큰 성공도 할 수 있지만, 사람을 감동시키고 마음으로부터의 변화를 이끌어낼 수는 없다. 그렇지만 이타적인 방향으로 발걸음을 돌린 그 순간, 거기에서부터 위대한 영향력이 나오게 된다. 래리 스튜어트의 아름다운 한 걸음처럼 말이다.

열

큰 꿈, 좋은 꿈

1963년에 마틴 루터 킹은 노예의 아들들이 노예 주인의 아들들과 형제처럼 살게 되는 꿈, 백인 어린이가 흑인 어린이와 형제와 자매처럼 손을 잡게 되는 꿈을 꾸었고, 그 꿈은 실현되었다. 그러나 그 꿈은 단기간에 이루어진 것이 아니다. 한 세대에 이루어진 것도 아니다.

2007년인 현재, 흑인의 자손들은 미국의 최고위 임명직인 국무장관에까지 올랐다. 전직 장관인 콜린 파월과 현직 장관인 콘돌리자 라이스 모두 흑인이다. 게다가 다음 대선의 유력한 후보로 지명되고 있는 민주당의 배럭 오바마 의원 역시 흑인이다. 마틴 루터 킹의 꿈은 긴 세월에 걸쳐 이루어지고 있는 것이다. 아직도 인종차별이 완전하게 사라진 것은 아니지만, 세월이 가고 세대를 넘으면서 반드시 이루어질 것을 믿는다. 그 꿈은 수많은 사람들이 염원하는 '큰 꿈, 좋은 꿈' 이기 때문이다.

꿈 너머 꿈을 가진 사람은 '기다림' 만큼 '멈춤' 도 알아야 한다. 꿈을 멈출 줄도 알아야 한다. 욕심을 내기 시작하면 힘들어서 길을 갈 수가 없다. 다른 길로 가기 일쑤다. 작은 장애를 만나도 쉽게 쓰러진다.

멀리 보며 적절하게 멈출 줄 아는 사람에게 장애는 더 이상 장애가 아니다. 현실이 마냥 어려울 때면 잠시 쉬면 된다. 그 시간은 꿈을 점검해 보는 시간이 될 수도 있다. 그 상태에서 또 다른 좋은 아이디어들이 생성되기도 한다. 잠시 멈춰 서 있지만, 심장의 박동까지 멈춘 것은 아니기 때문이다. '멈춤' 은 '멈춤' 일 뿐, '후퇴' 가 아니기 때문이다.

어떤 꿈은 단숨에 이루어진다. 그러나 또 어떤 꿈은 아주 오랜 시간이 지나야 이루어지기도 한다. 큰 꿈, 좋은 꿈일수록 시간이 필요하다. 그것이 정말 좋은 꿈이라면 그것은 당대가 아니라 후대에, 이 시대가 아니라 다음 세대로 넘어가며 결국에는 반드시 이루어질 것이다.

4

꿈을 가진 자여, 태초의 소리를 들어라

꿈을 성취하기

원하는 사람은

꿈을 가져야 합니다.

꿈꾸는 것을 좋아해야 합니다.

꿈꾸는 사람을 좋아해야 합니다.

꿈꾸는 사람들을 가까이 해야 합니다.

꿈을 성취한 사람들의 특성을 배워야 합니다.

강준민의 《꿈꾸는 자가 오는도다》 중에서

하나

꿈을 가진 사람은 우선 건강해야 한다

쇼펜하우어는 "행복은 건강이라는 나무에서 피어나는 꽃"이라고 했다. 꿈을 이루어가는 첫 번째 조건도 건강이다. 건강하지 않으면 꿈의 길은 한결 멀고 무거울 것이다. 건강에는 육체적 건강, 정신적 건강, 영적 건강, 세 가지가 모두 필요하다. 그 중의 기본은 물론 육체적 건강이다. 몸이 튼튼해야 꿈을 향한 힘찬 발걸음이 가능하지 않겠는가.

꿈을 이루고자 하는 사람의 가장 기본이 되는 철칙은 자기 건강을 잘 관리하는 것이다. 몸이 늘 골골하면 꿈을 이루어가는 과정에서 더 큰 장애와 벽에 부딪히기 쉽다. 육체적 건강이든 정신적 건강이든 '건강'은 저절로 얻어지지 않는다는 것을 명심해야 한다. 노력하지 않으면 건강도 꿈의 성공도 결코 손에 쥘 수 없다.

전 세계 장수촌은 대부분 온난한 지역이나 산악지대, 또는 가난한 지역이다. 이런 지역에서는 여건상 누구나 오래 걷고, 무슨 일에건 부지런히 몸을 움직인다. 거기에 건강과 장수의 비결이 있다. 요즘의 환경은 우리를 나태하게 만들기 딱 좋은 환경이다. 웬만한 곳은 걷지 않고 차를 타고 다니며 별로 몸을 움직일 필요가 없다. 머리나 마음은 더 바빠졌는데, 몸은 너무 게으르다. 그러다 보니 불균형이 초래돼 건강을 잃는다.

운동을 하지 않으면 우리 몸의 근육은 이른바 불용성 위축 상태에 빠진다. 뼈가 부러져 한동안 깁스를 하고 있다가 풀어보면, 그 쪽이 다른 쪽보다 앙상해져 있는 것을 발견한다. 움직이지 않았기 때문이다. 움직인다는 것은 생명을 가진 자의 의무이다. 건강을 유지하는 것도 생명을 부여받은 우리들의 의무이다.

꿈을 가진 사람이라면 오늘 이 순간, 즉시 운동을 시작하라. 가장 좋은 운동은 걷기이다. 하루에 30분 이상 걸어라. 걷기에 능숙해지면 한 걸음 더 나아가 달려라. 일주일에 세 번 정도, 30분 이상 달리기를 하는 사람은 몸의 건강, 마음의 건강, 영혼의 건강을 함께 얻을 수 있다. 내일로 미루지 말고 오늘부터 바로 시작하라.

둘 적게 먹고 많이 움직여라

비행기가 비상飛翔할 때 걸리는 시간은 단 3분이다. 그러나 이 때 소모되는 에너지는 전체 에너지의 절반에 이른다고 한다. 만유인력의 법칙을 극복하며 순식간에 날아올라야 하기 때문이다. 그러나 일단 하늘 높이 비상한 비행기가 고도를 유지하며 비행할 때는 기류와 바람의 영향으로 그다지 에너지를 소모하지 않아도 된다.

꿈을 가진 사람에게도 비상이 필요하다. 한번 비상하면 제 궤도에 오르는 비행기와 달리, 꿈을 가진 사람은 한번 비상한 뒤 또 비상해야 되고, 그 다음 또다시 비상해야 한다. 평생을 계속 비상하면서 가는 것이 '꿈 너머 꿈'을 가진 사람이다.

따라서 그만큼 에너지도 많이 필요하다. 그러나 우리 몸의 에너지의 양은 한정될 수밖에 없다. 아무리 열심히 비축한다 해도 한계가 있어 쉽게 바닥날 수밖에 없다. 그래서 항상 몸이 가벼워야 한다. 무거운 몸으로는 계속되는 비상을 감당할 수 없기 때문이다. 그러므로, 꿈을 가진 사람은 과식하면 안 된다. 나는 농담 반, 진담 반으로 곧잘 이런 말을 한다.

"밥 먹는 거 보면, 꿈을 가진 사람인지 아닌지 알 수 있어."

우리 몸은 음식물을 소화시키는 데 가장 많은 에너지를 쏟는다. 과식한 후에는 몸을 움직이기 귀찮고 식곤증이 오는 것도 그런 이유에서이다. 한 번에 쓸 수 있는 에너지를 몽땅 위장에 집중했기 때문에 다른 곳에 나누어줄 수가 없는 것이다. 그렇다면 먹은 것을 소화하는 데 그 귀중한 에너지를 모조리 쏟아 붓기엔 너무 아깝지 않을까.

그리고 주어진 음식은 진심으로 감사하게, 최고로 맛있게, 기분좋게 먹어야 한다. 그래야 소화가 잘 된다. 음식이 위에 걸려 있으면 꿈을 꾸기 힘들다. 온 신경이 그곳으로 집중되어 몸이 불편해지기 때문이다. 소화가 안 되면 일도 안 된다. 무슨 글이 써지고, 무슨 아이디어가 나오겠는가. 하물며 꿈을 꿀 여유가 생기겠는가.

적게 먹고 많이 움직여라. 그래야 언제든 꿈으로의 비상이 가능하다.

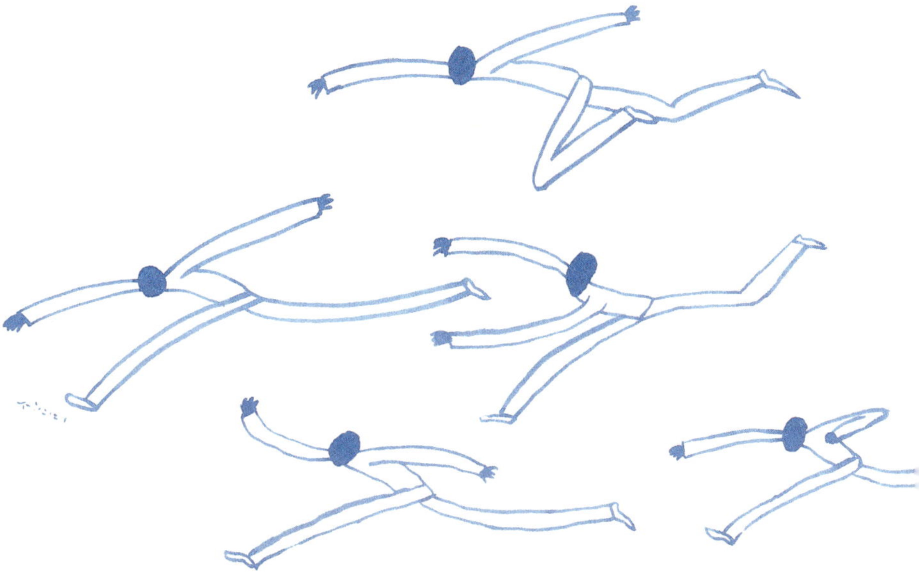

셋

'책사냥'을 즐겨라

구치소에 들어가 보면 많은 사람들이 그 안에 있다. 그곳에는 더러 억울한 사람도 있지만, 전혀 억울하지 않은 사람들도 많다. 그런데, 눈에 띄는 것은 전혀 억울하지 않은 사람일수록 육체적으로 건강한 사람이 많다는 사실이다.

육체적으로는 건강하지만 정신적으로 건강하지 않아서 불행한 상황을 맞게 된 사람들이 태반인 것이다. 그런 사람의 경우는 차라리 육체적으로 건강하지 않은 것이 그들에게 더 나았을지도 모른다는 생각을 해보게 된다.

이처럼 육체적으로는 건강하지만 정신적으로 건강하지 않으면, 우리는 때때로 야수가 되어버리는 것이다. 정신적인 건강이 병행되지 않는 육체적 건강은 사람을 야수로 만들고, 오히려 더 큰 불행으로 이끈다. 그렇기 때문에 정신적 건강은 육체적 건강 못지않게 중요하다.

앞서 육체적 건강을 위해 가장 좋은 방법은 '적게 먹는 것' 이라고 했다. 정신적 건강을 위해 제일 좋은 방법 역시 많이 먹는 것이다. 무엇을 먹느냐, 마음의 양식을 많이 먹는 것이다.

책은 마음의 비타민이다. "책을 두 권 읽은 사람이 책을 한 권 읽은 사람을 지배한다"는 말이 있다.

3만 5천 권의 책을 소장하고 40여 권의 책을 집필했으며, 책 한 권을 집필하기 위해 100권 이상의 책을 읽는다는 '독서왕' 다치바나 다카시는 독서에 대해 이런 조언을 했다.

"책을 사는 데 돈을 아끼지 말라. 책 선택에 대한 실패를 두려워하지 말라. 자신의 수준에 맞지 않는 책은 무리해서 읽지 말라. 읽다가 중단하기로 결심한 책이라도 일단 마지막 쪽까지 한 장 한 장 넘겨보라. 속독법을 몸에 익혀라. 책을 읽는 도중에 메모하지 말라. 책을 읽을 때는 끊임없이 의심하라. 젊은 시절에 다른 것은 몰라도 책 읽을 시간만은 꼭 만들어라."

나는 여기에 하나를 더하고 싶다.

좋은 책, 나쁜 책 가리지 말고 읽어라!

다치바나 다카시도 "책 선택에 대한 실패를 두려워하지 말라"고 했듯, 사람들은 어떤 책을 봐야 할지 망설이느라 시간을 보내곤 한다. 물론 책 가운데는 좋은 책도 있고 나쁜 책도 있다. 그러나 좋은 책, 나쁜 책 골라서 보다 보면 '책읽기'가 어려워진다. 양서와 악서를 가르는 기준이 다 다르기 때문이다. 부모가 생각할 때는 '좋은 책'이 아이들에게는 별 의미없는 책일 수도 있다.

물론 좋은 책과 나쁜 책은 분명히 있다. 그러나 그것을 가리기 전에 먼저 무조건 읽으라고 권하고 싶다. 만일 백 권의 나쁜 책 중에 한 권의 좋은 책이 들어 있으면, 그 한 권의 좋은 책으로 인해 아흔아홉 권의 나쁜 책들이 차츰 밀려나는 것이 독서의 신비다. 그것이 우리의 정신구조다. 그것은 마치 깊은 산속 옹달샘에 떨어진 잉크 방울과 같다. 당장은 검게 물들겠지만, 언젠가는 맑은 물에 의해 씻겨 나가게 마련이다. 썩은 물이 고여 있는 곳에 맑은 물방울을 퐁퐁퐁 떨어뜨리기 시작하면, 시간이 지나 남는 것은 맑은 물이다. 나쁜 것은 저절로 쓸려간다.

사람은 나이가 들고 성숙해지면서 판단력도 자란다. 꿈을 이루어 가는 경험이나 목표가 확실해지면, 그에게 악서란 없다. 열다섯 살에 봤다면 나쁜 영향을 미쳤을 악서도, 성숙해진 다음에 읽으면 양서일 수 있다. 왜냐하면 모든 것이 다 경험이자 영감의 원천이 되기

冊

때문이다. 혹, 피가 뜨겁던 젊은 날에는 몸이 화끈거리고 정신이 피폐해지게 하는 자극적인 책을 읽었다면, 어느 시점에서 그것을 바라봤을 때는 그 너머에 있는 세상을 볼 수 있다. 모든 경험은 다 지식이 된다. 자신에게 선별할 눈이 생길 때, 독초도 약초가 될 수 있다.

다시 말해, 책은 사금을 캐듯 읽어야 한다. 사금은 모래 속에 섞여 있는 금이다. 이것을 캐내기 위해서는 모래도 함께 캐야 한다. 그 속에서 금이 떠오르는 것이다. 육체의 음식은 적게 먹어야 하지만, 마음의 양식은 포만감이 들 정도로 많이 먹어야 한다. 아무리 많이 먹어도 넘치지 않는다.

나는 '책사냥' 이라는 말을 좋아하고 즐겨 쓴다. 책방에 가서 책 구경 하고 책을 사온다는 뜻으로 나에게는 가장 행복한 시간의 하나다. 아무리 어렵고 힘들고 외롭고 생각이 복잡할 때라도 책방에 가서 삼십 분, 한 시간, 두 시간 '책사냥' 을 하고 나면, 책을 사든 안 사든 그 자체만으로 마음의 휴식과 안정을 얻고 새로운 기운을 얻는 경험을 무수히 해왔다.

마음이 분주할 때면, 영혼을 채워줄 책사냥을 나가보자. 그리고 포만감을 느낄 때까지 마음껏 책을 먹어보자.

넷

당신은 명상을 아는가?

내 지나온 삶을 뒤돌아봤을 때 정말 아쉬운 것이 하나 있다면, 명상을 모른 채 젊은 시절을 보낸 것이다. 왜 인생 선배 중 누군가가 나에게 좀더 일찍 명상을 해보라고 하지 않았을까, 내가 좀더 일찍 명상을 알았더라면…… 하는 아쉬움이 지금도 늘 마음에 남아 있다. 그래서 나는 젊은이들에게 권한다. '지금 명상을 시작해 봐라. 아주 깊이 들어가지 않아도 좋다. 맛보기라도 해봐라. 그러면 인생이 달라질 것이다' 라고…….

사람의 몸에는 '육체' 와 '정신' 이 만나는 접경이 있다. 육체와 정신은 서로 다른 영역이라 생각할 수 있지만, 우리 몸 안의 몇 군데만큼은 이 두 가지가 분명히 함께 작용하고 있다. 다리뼈가 부러

지거나 몸에 혹이 생긴다거나 하는 것은 온전한 육체적 영역이다. 물론 그것 때문에 정신적으로 힘이 들기도 하겠지만, 그것은 오롯이 수술하고 치료하면 고쳐지는 육체적 영역이다.

그런데 정신과 육체가 결합된 부분은 정신과 육체 중 어느 하나만 온전하다고 해서 '건강'을 유지하기가 힘들다. 그 첫 번째가 위장이다. 위장은 분명 육체의 영역이다. 그러나 아무리 위장이 튼튼한 사람도 '속이 뒤틀리면' 소화부터 안 되는 것이 사람의 몸이다. 우리는 '속이 썩는다', '속이 상한다', '속이 부글부글 끓는다' 같은 표현들을 쓴다. 그런 점에서 위장을 잘 관리한다는 것은 육체적인 건강뿐 아니라 정신 건강까지도 잘 관리해야 한다는 것이기도 하다.

육체와 정신이 만나는 두 번째 영역은 심장이다. 심장 역시 육체다. 그러나 아무리 육체적으로 심장이 강한 사람도 심하게 놀라거나 화가 치밀면 심장이 벌렁벌렁해지고 박동이 거칠어진다. 금세 몸의 균형이 깨진다. 위장은 조금 잘라내도 되지만 심장은 단 한 치도 잘라낼 수 없다. 그런 면에서 심장은 위장보다 더 큰 정신 영역이다.

마지막 세 번째 영역이 뇌다. 평생 그 10%의 세포만 사용한다고 하는 뇌는 아직도 과학적으로 규명되지 않은 신비의 분야이기도 하다. 뇌는 감히 신의 영역이라고도 할 수 있겠다. 정신의 영역이기도

하면서 영혼의 영역이기도 하다.

우리 몸을 지탱하는 너무나 중요한 이 세 영역을 어떻게 하면 잘 다스릴 수 있을까? 운동을 하면 심장이 좋아지고 식습관을 조절해서 위장도 튼튼하게 할 수 있다. 뇌에 좋다는 음식도 소개되고 있다. 그러나 그것만으로 마음까지 다스릴 수 있는 것은 아니다. 마음을 다스리는 것은 또 다른 분야다.

나도 언제부터인가 마음을 다스리고 싶어졌고, 여기에 필요한 것이 무엇인지 알고 싶었다. 내가 작은 일로 분노하고 화가 나고 속이 뒤끓을 때 '마음의 영역, 정신의 영역을 진정시키고 가라앉혀 건강을 유지하게 하는 방법이 뭘까' 생각하게 되었다. 그러다 뒤늦게 만난 것이 바로 명상이다.

명상은 육체적, 정신적 건강을 다 같이 키워나갈 수 있는 최고의 방법이라 해도 과언이 아니다.

명상에 대해 가장 간단하게 설명하자면, 달리던 발걸음을 잠시 멈추고 조용한 시간을 갖는 것이다. 가만히 멈춰서서 조용한 시간을 가지면, 평소에 잘 들리지 않던 자연의 소리가 들린다. 그전까지 전혀 들리지 않았던 바람 소리, 새 소리가 들리고 더 조용히 있으면 자기 마음의 소리, 양심의 소리도 들려온다. 고요가 더 깊어지면 간혹 신의 소리도 들려온다. 그러면 마음에는 고요와 평화가 찾아온다. 명상을 하다 보면 눈물을 쏟아내는 사람들이 많다. 자기와 내면의 관계가 회복이 되면서 마음과 몸의 응어리가 저절로 풀리기 때문이다.

명상에 익숙해져서 호흡과 자세가 자연스럽게 몸에 배면, 어디에서나 쉽게 마음을 다스릴 수 있게 된다. 북적이는 전철 안에서도, 왁자지껄한 가게 안에서도 가능하다.

마치 전쟁터와도 같은 삶의 현장에서 수시로 찾아오는 마음의 갈등과 감정의 기복. 그 매 순간에 잠시 조용한 시간을 갖고 명상을 해보기 바란다. 언제 어디에서도 좋다. 명상의 가장 좋은 자세는 허리를 꼿꼿이 펴고 편안하게 앉는 것이다. 그렇게 앉아 깊은 호흡을 열 번 정도만 하면 어느새 마음의 물결이 수면 아래로 조용히 가라앉게 된다. 얼굴에 올랐던 핏발부터 서서히 가라앉으면서 마음이 편안해진다.

명상을 아는 사람과 모르는 사람은 생활에 임하는 자세에서부터 차이가 생긴다. 명상에 익숙해지면, 조금만 길이 막혀도 경적을 울려대고 눈살을 찌푸리며 원망하고 조급해 하는 습관이 자연히 사라질 것이다. '불안' 과 '미움' 의 정서 대신 '사랑' 과 '평화' 의 정서를 찾게 될 것이다.

다섯 최초의 담력

세계보건기구(WHO)는 1948년 발표한 보건 헌장에서 건강에 대한 정의를 이렇게 표현했다.

"건강이란 단지 질병이 없거나 허약하지 않은 상태만을 의미하는 것이 아니고 육체적, 정신적, 사회적으로 완전한 상태를 의미한다."

이것은 굉장한 변화였다. 이전까지 건강이란 육체적인 의미만을 강조했던 것에서 정신적, 사회적 의미까지 포함했기 때문이다. 그리고 1998년 세계보건기구는 다시 한 번 건강에 대한 개념을 확장하여 선포했다.

"건강이란 단지 질병이 없거나 허약하지 않을 뿐만 아니라 육체적, 정신적, 사회적 및 영적 안녕이 역동적이며 완전한 상태이다."

이번에는 '영적 건강' 까지 포함시킨 것이다. 나는 영적 건강이야말로 모든 건강의 출발점이라는 것을 실감한다. 모든 에너지가 영적 건강에서 출발하는 것이고 영적으로 건강한 사람은 육체적, 정신적, 사회적으로 건강하지 않더라도 버텨낼 수 있다고 믿고 있다. 육체적, 정신적, 사회적으로 건강하지 않다는 것은 절망이다. 무한대의 절망이다. 그런데도 영적으로 건강하다면 거기에서 다시 살아난다. 육체적 질병에 걸리거나 정신적 질환이 있더라도, 영적으로 건강하면 절대 무너지지 않는다. 그런 막강한 힘이 영적 건강에 담겨 있는 것이다. '영적 건강' 하면 흔히 종교적 건강이라고 이해하곤 하는데, 그것은 잘못된 생각이다. 넓은 의미의 영적 건강은 종교적인 차원을 뛰어넘는다.

영적 건강을 가진 사람은 좀처럼 흔들리지 않는다. 육체적으로 건강하고 정신적으로 건강할 때 에너지가 넘친다면, 영적으로 건강할 때는 무한대의 담력을 갖게 된다. 한마디로 '겁이 없게 되는' 것이다. 그 어떤 위험과 고난, 시련 앞에서도 두려움을 갖지 않는다.

맨손으로 높은 바위 벽을 타고 올라가는 사람에게 가장 필요한 것은 '최초의 담력' 이다. 까마득하게 내려다보이는 어느 순간, 처음 가졌던 담력이 사라져버리면 공포감이 밀려오기 시작한다. 그 이후에는 한 발짝도 움직일 수가 없다. 옴짝달싹할 수 없는 것이다. 깊은 계곡 위에 걸린 구름다리를 가다가 어느 순간 한 발도 못 떼는 사람을 본 적이 있을 것이다. 아래를 내려다보지 말라는 충고에 따라 일단 구름다리에 오르기는 했으나 한가운데서 아래를 내려다보는 바로 그 순간, 오금이 저려 한 발짝도 움직일 수가 없게 된 것이다. 그때는 앞으로도 뒤로도 옴짝달싹할 수 없다.

기자 시절, 내가 직접 목격한 사건이 있다. 국군의 날 행사를 위해 낙하부대들이 여의도 광장에서 낙하연습을 하고 있었다. 공중에 떠 있는 비행기에서 점프를 해 낙하산을 펴지 않고 쭉 내려오다가 땅에 도달하기 직전에 낙하산을 펴서 착지하는 곡예를 펼치는 것은 국군의 날 단골행사 중 하나였다. 그런데 한 대원이 그만 낙하산을 펼치지 못한 채 추락하고 말았다. 추락하는 순간, 그의 몸은 고공에서 떨어진 가속도에 의해 끔찍하게 형해화 했다.

그 대원의 물리적인 사망 시간은 땅에 떨어진 순간이지만, 그 사망을 몰고 온 가장 결정적 순간은 따로 있었다는 얘기를 다른 대원한테 들은 적이 있다. 다름 아닌 '최초의 담력' 을 잃는 순간, 그 대원은 이미 사망한 것과 같다는 것이다. 고공에서 뛰어내린 후 낙하산이 펴지지 않는 공포로 인해 처음의 담력을 잃는 순간 실신을 하게 되고, 그 실신이 결국 죽음에까지 이어지게 된다는 것이다.

꿈 너머 꿈을 가진 사람도 최초의 담력을 끝까지 유지하는 힘이 필요하다. 꿈 너머 꿈으로 가는 과정에는 수많은 장애물이 있다. 담력을 잃으면 흔들린다. 좌절한다. 쓰러지고 만다. 편견, 왜곡, 부정적인 시선 등 힘을 쭉 빼놓는 언사들도 넘쳐난다.

특히 가까운 사람들에게서 그런 것을 겪을 때면 휘청하고 흔들린다. 최초의 담력이 흔들린다. '큰일 났구나. 내가 이거 잘못 가고 있구나. 사람들이 나를 이상하게 보는구나' '다른 사람도 아니고, 그 친구마저 믿어주지 못하는구나' '내가 30년간 믿어왔던 내 아내가 내 이야기를 우습게 듣는구나' 이런 생각이 엄습할 때마다 최초의 담력을 잃게 된다.

그래서 큰 꿈, 좋은 꿈을 이루려는 사람은 육체적 건강뿐 아니라 자기 안의 정신적인 힘과 영적인 힘을 길러 웬만한 일에는 눈빛 하나 흔들리지 않고 똑바로 걸어갈 수 있어야 한다. 주변에서 어떤 시선으로 바라보든 뚝심 있게 걸어갈 줄 알아야 한다. 그때 필요한 것이 그 어떤 순간에도 흔들리지 않는 '최초의 담력' 이다.

여섯

혼이 담긴 시선

학술지 〈심리 과학 Psychological Science〉 2006년 12월호에는 재미있는 논문이 한 편 실렸다. 미국 버지니아 대학교의 신경과학자인 제임스 코앤 교수의 '사람은 손을 잡는 것만으로도 스트레스가 줄어든다'는 사실을 입증한 연구 결과였다.

연구팀은 기혼 여성들에게 전기 자극을 주겠다며 심리적인 위협을 주었다. 그러자 그들의 스트레스 지수는 급격히 높아졌다. 그 다음 세 팀으로 나누어 한 팀은 남편의 손을 잡게 하고, 다른 팀에게는 낯선 사람의 손을 잡게 했다. 세 번째 팀은 누구의 손도 잡지 않도록 했다. 그 결과 뇌 스캔을 통해 남편의 손을 잡은 여성의 스트레스 지수는 즉시 큰 폭으로 줄어드는 것이 확인되었다. 낯선 사람

의 손을 잡았을 때도 스트레스가 줄기는 했으나, 그 정도가 적었다. 누구의 손도 잡지 않은 여성들은 스트레스 지수가 거의 그대로 유지되는 것을 확인했다. 사람이 스트레스를 받고 있는 상황에서는 사랑하는 이의 손이 특효약인 것이다.

꿈을 가진 사람에게도 이 '사랑의 손' 이 필요하다. 꿈은 살아 있는 생명체와 같아서 순간순간 엄청난 사랑의 에너지를 주어야 비로소 제대로 잘 자랄 수가 있기 때문이다. 사랑의 에너지는 이렇듯 손끝을 타고 이어진다.

사랑의 에너지는 눈빛을 타고도 흐른다. 눈빛은 손끝보다 먼저다. 마음이 눈빛을 타고 전달되는 시간은 0.01초도 필요 없다. 척 보는 순간 모든 것이 전해진다. 사랑이 담긴 사람의 눈빛은 따뜻하다. 혼이 담겨 있기 때문이다. 혼이 담긴 시선으로 바라보면, 바라보는 것만으로도 엄청난 에너지가 채워진다. 눈물이 흐른다. 마음의 곰팡이, 마음의 응어리와 상처까지도 한순간에 사라질 수 있다.

학예 발표회 때, 객석의 수많은 군중 속에 앉아 있는 어머니의 눈빛을 쉽게 찾아내곤 했던 어린 시절 기억이 있을 것이다. 사랑이 흐르는 어머니의 눈빛 하나만으로도 우리는 용기백배, 사기충천하여 방방 뛰지 않았던가!

꿈을 가진 사람도 그 눈빛이 필요하다. 사랑이 흐르고, 혼이 담겨 있는 시선으로 바라볼 사람, 또 자신을 그렇게 바라봐줄 사람도 필요하다. 그래야 꿈을 가진 사람을 찾을 수 있고, 서로 만나 그 꿈을 이룰 수 있다.

일곱

E형 모델로 웃자

꿈을 가진 사람에게 필요한 또 하나의 요건은 미소다. 〈아침편지〉의 끝 자락에도 '오늘도 많이 웃으세요'라는 문구가 항상 들어간다. 하나의 상징적인 행동지침이기도 하고, 슬로건이기도 하다. "행복해야 웃는 게 아니라 웃어야 행복하다"는 말이 있다. 억지로라도 웃으면 언젠가 진짜로 행복해진다.

웃음이 웃음을 부른다. 잘 웃는 사람과 함께 있으면 절로 웃게 된다. 코미디는 혼자 볼 때보다 같이 봐야 더 재미있다는 통설이 과학적으로 근거가 있다는 사실이 밝혀졌다. 영국 유니버시티 칼리지 런던 연구팀은 20명의 건강한 사람들에게 헤드폰을 끼게 하고 웃음소리를 들려줬다. 그런 다음, 그들의 뇌를 분석해 봤더니 웃음소리를 듣는 것만으로도 웃음을 일으키는 뇌 부위가 활동하는 것이 확인됐다. 웃음이 소리를 통해서도 전염된다는 사실이 과학적으로 입증된 것이다.

웃음이 지니는 신체적인 효과는 이미 여러 형태로 입증이 되어, '웃음치료' 라는 요법까지 나왔다. 웃으면 엔도르핀이 분비돼 스트레스 감소 효과가 있고 면역력을 키워 하다못해 감기도 예방한 다는 것이다. 특히 흥분하거나 불안하면 악화되는 심장질환 같은 질병의 예방에 더 큰 효과가 있다고 알려져 있다.

심지어 억지로 웃는 웃음조차도 효과가 있다고 한다. 1995년, 인도의 마단 카타리아 박사는 요가와 웃기 동작을 접목한 〈래핑클럽 Laughing Club〉을 창시했는데, 그는 웃음으로 질병도 치료한다는 믿음을 가지고 있다. 래핑클럽에 참가한 사람들은 웃음 치료를 통해 절망감과 근심을 잊어버리고 행복감을 찾게 됐다고 입을 모은다. 독일이나 오스트리아 등지에서는 노숙자들에게 웃음의 기술을 가르쳐 재활의지를 북돋워주는 프로그램도 진행 중이다.

우리나라의 한 기업에서도 '스트레스 119' 라는 제도를 만들었다고 한다. 직원들이 스트레스를 신고하면 회사 웃음 동호회인 '웃즐모(웃음을 즐기는 사람들의 모임)' 의 '스트레스 기동대' 가 출동한다. 그래서 스트레스의 종류에 따라 각종 웃음 처방을 내려준다. 그 기업은 특히 야근과 술자리가 잦고 그만큼 스트레스도 많은 직종이라 직원들의 스트레스를 풀어줄 필요가 있었는데, 거기에 착안한 것이었다. 웃음은 스트레스를 이기는 힘이자 아이디어의 원천이라는 믿음에서 비롯된 것이기도 하다.

웃음에도 A, B, C, D, E 이렇게 다섯 가지 유형이 있다고 한다.

A형 : 전체적으로 얼굴은 웃고 있는데, 눈과 입의 근육이 전혀 웃지 않는 사람
B형 : 눈만 웃는 사람
C형 : 입만 웃는 사람
D형 : 눈과 입이 함께 웃는데, 입꼬리가 아래로 처진 사람
E형 : 눈과 입이 함께 웃는데, 입꼬리가 귀에 걸린 것처럼 웃는 사람

참고로, 나는 어느 공개된 자리에 'E형 모델'로 소개돼 '백만 불짜리 미소' 라며 박수를 받은 적이 있다. 누구나 E형 모델이 될 수 있는 방법이 있다.

얼굴의 모든 근육을 최대한 활짝 열어 '와, 이, 키, 키' 를 한 글자씩 외치며 웃다 보면, 어느새 당신도 'E형 모델' 처럼 웃을 수 있다.

꿈을 가진 자여! 우늘부터 E형 모델로 웃자! 하회탈처럼!

5

나의 꿈 이야기

꿈은 나누어야

이루어지기 시작한다.

꿈의 파장은 우리의 가슴에서

다른 사람의 가슴까지 전달된다.

꿈이 있는 사람들과 함께하면

꿈이 전달된다. 꿈이 생긴다.

꿈은 삶을 변화시키고 사랑은 세상을 변화시킨다.

사랑은 꿈을 만들어주고 그 꿈을 쌓아간다.

용혜원의 《사랑하니까》 중에서

하나

꿈도 자란다

희망이란

본래 있다고도 할 수 없고 없다고도 할 수 없다.
그것은 마치 땅 위의 길과 같다.
본래 땅 위에는 길이 없었다.
걸어가는 사람이 많아지면
그것이 곧 길이 되는 것이다.

루쉰의 《희망은 길이다》 중에서

* 그렇습니다. 희망은 처음부터 있었던 것이 아닙니다.

아무것도 없는 곳에서도 생겨나는 것이 희망입니다.
희망은 희망을 갖는 사람에게만 존재합니다.
희망이 있다고 믿는 사람에게는 희망이 있고,
희망 같은 것은 없다고 생각하는 사람에게는
실제로도 희망은 없습니다.

이것은 2001년 8월 1일 〈고도원의 아침편지〉라는 이름으로 띄워진 첫 번째 아침편지다.

나는 어릴 적부터 책을 읽으며 공감되는 부분에 밑줄을 그어놓곤 했다. 그렇게 밑줄 그어놓은 대목에서 짧지만 좋은 글귀를 골라 친구와 가족들에게 보내기 시작한 것이 아침편지의 첫 시작이었다. 그것이 행복 바이러스처럼 전파돼 2007년 3월 현재 매일 아침 177만 명이 아침편지를 받아보고 있다.

눈이 오나 비가 오나 하루도 빠짐없이 매일매일 아침편지를 쓰면서, 나는 이따금 스스로에게 물어본다.

'나는 왜 아침편지를 쓰고 있는가?'

그러면 또 다른 내가 대답한다.

'꿈 너머 꿈을 이루기 위해서.'

나는 아침편지를 통해서 '평생 글쟁이' 가 되고자 했던 꿈을 이루었다. 그런데 아침편지를 시작하고 나서 '글쟁이'와는 또 다른 새로운 꿈이 생겨나기 시작했다. 그 전에는 생각지도 못했던 꿈들이 자라고 이루어지고 또 자라며 꿈 너머 꿈이 생겨난 것이다. 어느 날 하나씩 정리를 하다 보니, 그 꿈은 열두 가지 모습을 하고 있었다. 시간이 지나면서 이미 이루어지기도 하고, 더 자라나기도 하고, 잠시 멈추기도 하며 여전히 내 안에 살고 있다.

그 첫 번째 꿈은 이메일 주소를 가진 대한민국의 모든 사람에게 〈고도원의 아침편지〉를 계속해서 무료로 배달하는 것이다. 매일 아침 이메일을 열어보는 것으로 하루를 시작하는 많은 이들이, 밀려드는 청구서와 고지서와 광고메일 사이에서 이 아침편지를 발견하고 기쁜 마음으로 가장 먼저 열어볼 수 있기를 희망한다. 그리고 작은 미소와 잔잔한 행복감이 그 사람의 하루에 향기롭게 스며들기를 꿈꾼다. 그 꿈을 이루기 위해서 나는 오늘도 아침편지를 쓴다.

물론 어려움도 많다. 도처에서 장애물이 나타나기도 한다. 메일 전송을 위한 서버를 확충하는 문제부터 크고 작은 일들이 숙제로 주어졌지만, 그러나 그때마다 '최초의 담력'을 유지하고자 애를 쓰며 꿈 너머 꿈으로 가는 길을 걷고 있다. 이제 이 꿈은 나 혼자만의 꿈이 아니라, 함께 키우고 함께 이루어가는 177만 아침편지 가족들의 꿈이기 때문이다.

둘 1원의 기억

나의 두 번째 꿈은 〈고도원의 아침편지〉를 영어편지로 번역하여 전 세계 사람에게 보내는 꿈이다. 꿈, 행복, 사랑, 희망을 추구하는 인간의 기본 정서는 전 세계가 비슷할 거라 믿는다. 한국제 '마음의 비타민'으로 세계인에게 매일 아침 맑은 영혼의 샘물을 배달한다면, 세계인의 행복과 평화에도 작은 도움이 될 수 있지 않을까?

이 꿈은 한때 이루어질 뻔했다.

2003년 4월부터 6개월간 〈고도원의 아침편지〉가 영어로 번역되어 〈코리아 헤럴드〉 1면에 'GoDoWon's Morning Reflections'이란 제목으로 매일 아침 연재되며 좋은 반향을 일으킨 적이 있었다. 그러나 영어 아침편지 이메일 발송은 상당한 재정적 기반이 마련되어야만 비로소 가능해진다. 세계 최고 수준의 영시英詩나 팝송 가사에 버금가는 감동과 감성을 담아 번역해 내는 번역 실력가의 도움도 절실하다. 그래서 지금은 꿈만 꾸고 있다. 이 꿈은 잠시 멈추어 있을 뿐, 머지않아 곧 이루어질 것이라 확신한다.

〈아침편지〉를 이끌어가는 데 있어서의 재정적인 부분은 과거에도, 또 앞으로도 잘 헤쳐가야 할 과제 중 하나이다. 아침편지를 시작하고 맨 처음 봉착한 것이 경제적 어려움이었다. 미처 준비가 안 된 상황에서 상상하지 못했던 속도로 아침편지를 받는 식구들이 늘어나면서, 점차 내가 감당할 수 있는 재정적 능력의 선을 훌쩍 뛰어넘어버렸다. 처음에는 내 용돈과 아내의 지원으로 그럭저럭 꾸려갈 수 있었으나 이내 한계에 부딪힌 것이다.

서버 용량도 늘려야 했고, 그 서버를 관리하는 사람도 필요했다. 한 달에 몇십만 원 정도 들어가던 비용이 천만 원대의 비용으로 훌쩍 넘어섰다. 막막했다.

여러 날 고민 끝에 아침편지 가족들에게 이 사실을 알리기로 했다. 이 소식을 듣고 모두들 걱정부터 했다. "드디어 돈벌이를 시작하는구나, 하지 않겠어요? 웬만하면 여기서 그만 두시지요." 애정 어린 염려였다.

그러나 여기까지 와서 그만두고 싶지 않았다. 나는 한번 설득해 보기로 마음먹었다. 어떤 이는 욕을 할 것이고, 어떤 이는 진정성을 알아주고 이해하며 협력할 것이다…… 이런 믿음으로 편지를 띄웠다.

〈조금 무거운 말씀〉

꽤 오랫동안 혼자서 끙끙대며 미루고 미루다가
오늘 도리 없이, 조금 무겁게 느끼실지도 모를
현실적인 걱정거리를 솔직히 말씀드리고자 합니다.

얼마 전, 아침편지 발송과 기술을 맡고 있는
관계 회사로부터 두 장의 청구서를 받았습니다.
하나는, 그동안 미처 지불하지 못해 쌓인
미수금(1천2백39만 7천 원) 청구서이고, 다른 하나는
최근 시스템 보완 등 추가 금액(70만 원) 청구서였습니다.

이달 말로 제가 이 홈페이지를 개설한 지 만 2년,
〈고도원의 아침편지〉를 시작한 지는 9개월이 됩니다.
그동안 혼자서 열심히 자전거 페달을 밟아
용케 넘어지지 않고 여기까지는 잘 달려왔습니다.

그동안 적잖은 아침편지 가족들이 저의 재정적 부담을 걱정하면서 저의 은행계좌번호를 알려달라는 요청도 해주셨습니다만, 견딜 때까지 견디자는 마음으로 그 고마운 분들께 단 한 번도 답해드리지 않았습니다. 그러나 이제는 솔직히 조금 무겁습니다. 마음속의 걱정도 조금씩 커지고 있습니다. 지금까지보다 앞으로의 일이 염려되기 때문입니다.

하지만 아침편지 식구들이 십시일반 하는 마음으로 방법을 찾으면 틀림없이 길은 있으리라 믿습니다.

유료화(돈을 내면 아침편지를 받고, 안 내면 못 받는 식의 일률적인 유료화는 절대 시행하지 않을 생각입니다)를 하지 않으면서, 각자 큰 부담 없이, 아침편지의 운영 기반을 마련할 수 있는 좋은 방법을 함께 찾아보았으면 합니다. 좋은 의견이나 아이디어 주시면 고맙겠습니다.

〈고도원의 아침편지〉는 이제 저 혼자만의 것이 아닌,

시작은 저 혼자 했으나 이제는 어느덧 17만 가족의 것이 되어 있습니다. 자전거 페달을 함께 밟아주십시오.

많이 웃으세요.

2002년 4월 24일

이렇게 무거운 마음으로 편지를 띄웠던 나는 깜짝 놀랐다. 첫날 하루 만에 6백만 원이 모금된 것이었다. 기대 이상의 반응이었다. 뭉클했다. 그러나 그에 못지않은 '충격' 도 있었다.

누군가 1원을 보낸 것이다. '1원' 이라는 숫자와 '적선' 이라는 내용을 보는 순간 머릿속이 멍해졌다. 큰 망치로 머리를 한 대 맞고 벼랑에 선 느낌이었다.

'아, 내가 잘못하고 있구나. 조롱받고 있구나…….'

일주일 후, 나는 그 '1원의 의미' 에 대해 다시 편지를 썼다. "단 1원조차도 엄정하게, 투명하게 사용하라는 뜻으로 알고 고맙게 받겠습니다" 라고.

한 달이 지나 결산을 해보니 참여해 준 독자가 전체 독자의

3퍼센트였다. 그 숫자가 또 한 번 내 무릎을 꺾이게 했다. 첫날의 6백만 원에 고무됐던 나는 훨씬 많은 사람들의 참여가 있으리라 기대했다. 그러나 3퍼센트였다. 백 명 중에 고작 세 명이었다. 내가 마음을 얻지 못했다는 생각에 우울해졌다.

3퍼센트, 3퍼센트…… 그 숫자가 머릿속에 맴돌 때, 문득 바닷물의 소금 농도가 3퍼센트라는 것이 떠올랐다. 나는 또다시 편지를 썼다. "3퍼센트의 소금이 있기 때문에 바닷물이 바닷물로 존재하고 짠맛을 유지할 수 있는 것이다. 그래서 그 3퍼센트가 참으로 고맙고 소중하다"라고. 그동안의 고마움에 대해, 3퍼센트의 소금론에 대해, 그것으로 아침편지가 앞으로도 열심히 굴러갈 것이라는 것에 대해.

얼마 후, 아침편지 모금 통장에는 49,999원의 후원금이 찍혀 있었다. 그리고 일 년이 지난 어느 날, 아침편지 가족들과의 모임 자리에서 그 49,999원을 송금한 분을 만나게 되었다. 40대 주부였던 그분은 "1원 이야기를 듣고 너무 마음이 아파서 5만 원을 송금하려다 통장의 총액에 찍혔을 1원을 빨리 지우기 위해 49,999원을 보냈다"고 말했다. 나는 진심으로 그분에게 고마움을 표했다. 그런 마음들이 모여 지금의 아침편지가 존재할 수 있고, 함께 꿈을 이루어갈 수 있다는 것을 알게 되었기 때문이다.

3퍼센트의 참여율은 나를 우울하게 했지만, 그때 모인 6천만 원이라는 모금총액은 나를 고무시켰다. '십시일반'의 기적을 보게 된 것이다. 이 기적이 아침편지만이 아니라, 우리 사회를 굴러가게 하는 역동적인 엔진이 될 수도 있다는 가능성을 보았다. 그리고 아침편지는 그때의 든든한 동력으로 일백만 시대를 열게 되었다.

아직 이루지 못한 두 번째 꿈도 이 기적들이 모여지는 어느 날, 아침편지의 바다 위에 힘차게 돛을 달고 떠가게 되리라.

셋 꽃피는 아침마을

'십시일반' 의 모금으로 꾸려오던 아침편지가 다시 벽에 부딪혔다. 아침편지 가족이 막 일백만 명이 됐을 때였다. 또 한 번의 엄청난 재정적 문제가 내 앞에 놓였다. 나는 일단 6개월 동안 더 이상의 구독 신청을 받지 않았다. 감당할 수 없는 상황에서 무작정 규모를 늘려갈 수 없었기 때문이다. 내실을 다지기로 했다.

그래서 자체적으로 아침편지를 끌어갈 수 있는 방안을 찾아보기로 했다. 더이상 '십시일반' 후원에만 의지할 수는 없었다. 실질적인 대책을 마련해야 했다. 나는 불현듯 어린 시절 아버지가 애지중지하셨던 '닭장' 을 떠올렸다. 시골 교회 목사였던 아버지는 극심한 경제적 어려움을 벗어나기 위해 텃밭 한구석에 닭장을 짓고 닭을 키웠다. 그리고 그 계란을 팔아 책도 사시고, 3남 4녀 우리 7남매를 키우는 작은 버팀목으로 삼으셨다.

"그래, 우리 아침편지에도 '닭장' 하나를 멋있게 만들자!" 그래서 맨 처음 '닭장' 으로 시작한 것이 '아침편지 책방' 이었다. 아침편지가 책을 매개로 시작한 일이었기 때문에 책을 판매하는 '수익사업' 을 시작한 것이다. 이때도 무척 많은 비난이 있었다. '사업' 이라는 것 자체에 반감을 갖는 이들이 많았다. 이슬만 먹고 살아야 할 것 같은 아침편지에 '사업' 이라는 말 자체가 싫었던 것이다. 그러나 그보다 훨씬 더 많은 아침편지 가족들은 사정을 이해해 주었고, 호응해 주었다.

책 판매로 시작한 수익 사업이 '꽃피는 아침마을' 이란 이름의 인터넷 쇼핑몰로 발전하게 되었다. 아침편지 가족들이 서로 좋은 물건을 사고팔 수 있는 장을 만든 것이다.

우리는 한 가지 다짐을 했다.

"'꽃피는 아침마을' 은 돈을 남기는 곳이 아니라 사람을 남기는 곳으로 만들자. 사람을 얻고, 믿음을 얻고, 마음을 얻자. 1년, 2년, 3년, 시간이 지나면서 '믿음' 만이 최고의 브랜드 가치가 될 것이다."

그것이 '꽃피는 아침마을'의 출발이자 비전이었다. '아침마을'의 모든 사람들이 하나둘 모여 가게를 열었다. 누군가에게 새로운 일을 주고 새로운 꿈과 희망의 터전이 되어가기 시작했다. 우리의 '좋은 의식주 문화'에 한 뼘이라도 도움이 될 수 있는 것이라면 어떤 소재라도 다루기로 했다.

남다른 솜씨로 만든 밑반찬, 취미 삼아 틈틈이 만들어온 수공예품부터 패션, 가구, 전자제품에 이르기까지 인터넷을 통해 판매 가능한 상품이라면 어떤 아이템이든 좋았다. 대신 '믿음'을 가장 중요하게 여기는 공간으로 키우고자 했다.

어떤 물건을 팔든지 자신의 이름, 얼굴, 믿음을 지키고 상품을 인격화해서 팔 수 있도록 몇 가지 원칙도 만들었다. 모든 매출의 1퍼센트를 아침편지 문화재단에 기부하는 방식도 함께 진행되었다. 아침편지 '닭장'에 행복계란들이 조금씩 쌓이기 시작했고, 그것은 우리에게 '희망'을 품게 했다.

넷 돈을 낙엽처럼 태운다

돈을 낙엽처럼 태운다!

이것은 내가 5년여 동안 기자로 일했던 〈뿌리깊은 나무〉의 고故 한창기 사장의 말이기도 하다. 그분은 〈뿌리깊은 나무〉 잡지 창간 초기, 엄청난 적자를 걱정하는 주위 사람들에게 이렇게 말하곤 했다.

"자기가 오랫동안 꿈꿔온 의미 있는 일을 위해서라면, 돈을 낙엽처럼 태울 줄 알아야 한다."

내 골수에 깊이 박힌 이 말은, 그 이후 내 인생 행로에 가장 강력한 영향을 미친 인생지침의 하나가 되었다. 내가 꿈꿔온, 의미 있는 일을 위해 돈을 낙엽처럼 태운다! 이 꿈은, 나 자신뿐 아니라 내 자식에게도 물려주고 싶은 꿈이 되었다.

몇 가지 기억이 주마등처럼 스쳐간다. 아침편지 문화재단 창립 당시, 설립 기금이 필요해서 가족회의를 열었다. 평생에 걸쳐 장만한 집 한 채를 기증하는 문제를 심각히 논의했을 때, 이를 흔쾌히 동의해 준 아내와 딸, 아들의 고마운 얼굴이 떠오르고 아내가 운영하던 식당에 불이 나 그릇 하나 남기지 않고 몽땅 타버렸을 때 "더 열심히 벌어서 더 열심히 태우라는 뜻인가 보다"며 오히려 '감사 헌금'을 내고 함께 눈물지었던 기억도 떠오르고, 축의금 받지 않는 결혼식을 꿈꾼 아내와 이를 가능하게 한 사랑하는 딸의 얼굴도 떠오른다.

이러한 모습을 옆에서 지켜본 내 아이들이 아비 어미보다 더 열심히 살아, 지혜롭게 번 돈들을 자신이 꿈꾸는 의미 있는 일을 위해 돈을 낙엽처럼 태우며 멋있게 살아가기를 꿈꾸어본다.

'돈을 버는 것'까지가 꿈이라면, '돈을 낙엽처럼 태우는 것'이 바로 꿈 너머 꿈이다.

다섯 행복을 공유하는 일터

몇몇 지인들에게 보내기 시작한 아침편지의 독자가 일백만을 넘어섰던 2003년 여름, 나는 새로운 꿈들을 꾸게 되었다. 아침편지가 우리 사회의 공공재산으로서의 가치를 가질 수 있지 않을까 하는 기대가 생겼다. 새로운 문화 현상으로서 작지만 한 획을 그을 수도 있는, 한 걸음 더 나아가 21세기 인터넷 세상에 또 하나의 의미 있는 '문화 혁명' 의 씨앗이 될 수도 있을 거란 희망까지 품게 되었다.

어떻게 하면 지금의 이 순수함을 그대로 유지하면서 더 내실 있게, 더 아름답게, 더 오래 만들어갈 수 있을까…… 오랫동안 고심하던 끝에 또 하나의 꿈이 그려졌다. 그것은 나를 포함한 아침가족 다수가 발기인이 되고 설립자가 되는 문화재단 또는 복지재단을 만드는 꿈이었다. 그것이 아침편지를 어느 한 개인의 차원을 넘어서 사회 전체의 공공재산으로 대물림해 이어갈 수 있는 가장 좋은 길이 아닌가 하는 결론에 이르렀던 것이다.

그 꿈은 이루어졌다.

아침편지 문화재단 창립회원들의 힘으로 2004년 4월 29일, 〈고도원의 아침편지〉가 〈아침편지 문화재단〉으로 거듭날 수 있었다. 그리고 2006년에는 문화재단의 이름을 걸고 아침편지 아트센터를 개관하여 여러 가지 작지만 실험적인 전시회와 음악회 등을 꾸준히 열어, 많은 아침편지 가족들과 직접 만나고 함께 호흡할 수도 있게 되었다. 그 안에서 없었던 꿈이 생겨나 점점 자라나고, 그 자라난 꿈이 이루어지면서 또 자라는 경이로운 체험들을 맛보고 있다.

그 과정에서 이전에는 정말 상상조차도 해본 적이 없는, 전혀 새로운 형태의 꿈이 또 생겨났다. 아침편지 문화재단에서 하는 일이 많아지고, 그에 따라 이곳에서 일하는 '아침지기' 들이 늘어나면서 내 눈에는 새로운 것들이 보이기 시작했다. 아이를 가진, 더 정확하게는 막 아이를 낳은 젊은 엄마들의 모습이다.

기업들은 20년 후를 내다보며 경쟁력을 키운다고 한다. 나는 최고의 경쟁력은 안에서 찾아야 한다고 본다. 가정과 일터가 결합이 되었을 때 엄청난 경쟁력이 생긴다는 것을 경험을 통해서 알게 되었다.

얼마 전 아침지기 중 웹디자이너 한 명이 출산을 했다. 그녀는 이제 엄연한 '아기 엄마' 가 되어 3개월 동안 출산휴가를 보내다가 복직했다. 나는 관심 있게 그 '아기 엄마' 를 지켜보았다. 일은 많은데 3개월 동안 쉬고 나온 것이 미안해서 그런지 예전보다 더 성심을 다해 일하는 모습이었다. 그러면서도 순간순간마다 그녀의 모든 촉각이 집에 두고 온 아이에게 가 있음을 발견하게 되었다.

나는 아이를 언제든 편하게 사무실에 데리고 오라고 했다. 아직 환경은 제대로 갖추어져 있지 않았지만 아기가 오는 날에는 많은 구성원들이 힘을 모았다. 아이 엄마가 일에 몰두해야 할 때면, 주위에 여력이 있는 사람이 대신 아기를 돌봤다. 아이가 가까이에 있으니 엄마도 안심하고 일을 할 수 있었다. 처음에는 낯을 가리던 아이도 이제는 다른 아침지기들을 또 다른 엄마처럼, 아빠처럼 따르게 되었다.

그런 과정을 지켜보면서 '아이 엄마들이 마음 놓고 일에 몰두할 수 있는 환경을 일터 안에 만들어보자!' 는 생각이 들기 시작했다. 가정이 튼튼해야 일터도 튼튼해질 수 있을 것 아닌가. 그래서 일하는 공간 안에 놀이방이나 유아원을 만들어서 일하는 부모가 아이의 모습을 보고, 반대로 아이들도 부모가 일하는 모습을 보며 자라게 하는 시스템을 생각하게 된 것이다.

자녀에게는 부모가 최고의 멘토가 되어야 한다. 그것은 일터에서 일하는 부모의 모습을 보여 주는 것만으로도 충분하다. 열심히 일하는 것을 보는 것만으로도 최고의 교육이 된다. 정서적으로도 효과적이다.

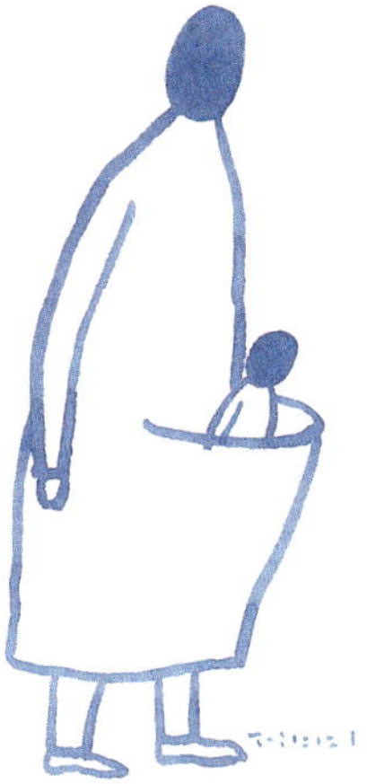

물론 기업의 입장에서는 망설여지는 부분이 있을 것이다. 당장 시설부터 갖추어야 할 테니 처음에 들어가는 초기 비용도 만만치 않을 것이다. 그렇지만 '고급 두뇌'들이 딴 곳에 신경을 쓰지 않고 오로지 일에 몰두할 수 있는 효과를 감안하여 멀리 내다본다면 궁극적으로는 비용이 절감된다고 할 수 있을 것이다.

부모 자식 간의 공감대 형성은 물론이고, 부모가 일하는 공간을 체험한 아이는 부모에 대한 자긍심이 더욱 높아질 수 있다. 아울러 그 일과 회사에 대한 호감도 생길 것이다. 부모 입장에서도 자식에게 당당하게 보여주고 싶은 직장, 자식에게 물려주고 싶은 일자리로 만들고 싶어질 것이다. 대물림할 수 있는 일터라는 것은 얼마나 근사한가. 이것은 결코 부정적 의미의 물림이 아니다. 내가 땀 흘려 일군 곳에 자식이, 또 그 자식이 자취를 쌓아가며 키워가는 것이다. 비전이 달라진다. 결속력이 달라진다.

나는 아침편지 문화재단이 장차 그런 모델이 되는 것을 꿈꾸고 있다. 새롭게 추가된 내 꿈의 한 자락이다. 누군가 나보다 먼저 그런 모델들을 만들어도 좋겠다. 마치 잉크가 번져가듯 사회 전체에 퍼져나갔으면 하는 소망이다.

여섯

깊은산속 옹달샘

나에게는 내가 꾸는 꿈의 종합편이 하나 있다. 이름하여 〈깊은산속 옹달샘〉. 산 좋고 물 좋은 대한민국 어느 깊은 산속에 세계적인 명상센터를 만드는 것을 꿈꾸고 있는데, 그 명상센터의 이름이 바로 깊은산속 옹달샘이다.

휴식, 운동, 명상과 마음 수련이 잘 짜인 프로그램에 의해 진행되고, 여기에 때때로 각종 문화 이벤트가 더해지는 그야말로 꿈에 그리는 환상적인 마음 치료 센터가 우리 땅 한 켠에 존재한다면 얼마나 좋을까. 전국 어느 곳에서 출발하더라도 두세 시간 안에 당도할 수 있는 깊은산속 옹달샘에 들어와 편안한 옷차림으로 휴식하며, 명상하고, 꽃과 나무를 심는다. 그냥 무턱대고 심는 것이 아니라 조경학자가 그린 디자인에 따라 심는다. 그 꽃과 나무들은 5년, 10년 후에 아름다운 꽃밭과 수목원을 이룰 것이다.

그곳은 프랑스에 있는 틱낫한의 〈플럼 빌리지〉, 인도의 〈오르빌 마을〉, 니어링 부부를 기념하기 위해 만든 미국의 〈굿 라이프 센터 Good Life Center〉에 디즈니랜드를 결합한 꿈의 동산이 될 것이다. 건강한 육체와 맑은 영혼이 살아 숨쉬는 곳, 내면을 깊이 채우는 명상을 할 수 있고 며칠 머물고 가는 것만으로도 마음의 치유가 가능한 그런 맑은 공간을 우리나라 아름다운 금수강산 어느 곳에 세우는 것이 나의 꿈이요, 나의 꿈 너머 꿈이다.

내가 처음 이 꿈을 말했을 때 많은 이들이 고개를 저었다. 한마디로 '꿈같은' 소리일 뿐이라며 현실과는 먼 무지개 너머의 일로만 받아들였다. 그러나 지금 그 꿈은 현실 속에서 하나 하나 이루어져가고 있다.

충북 충주시 노은면에 부지가 마련되었고 2007년 봄, 드디어 '첫 삽 뜨기 행사'를 진행하게 되었다. 아침편지를 시작한 이후 그동안 자나깨나 '깊은산속 옹달샘'을 머릿속에 넣고 다니며 하루에도 수십, 수백 번씩 그렸다 지웠다 해본 '머릿속의 그림'을 실제로 그려낸 것이다.

깊은 산속의 명상의 집, 걷기명상 코스, 청소년 수련원, 야외무대,

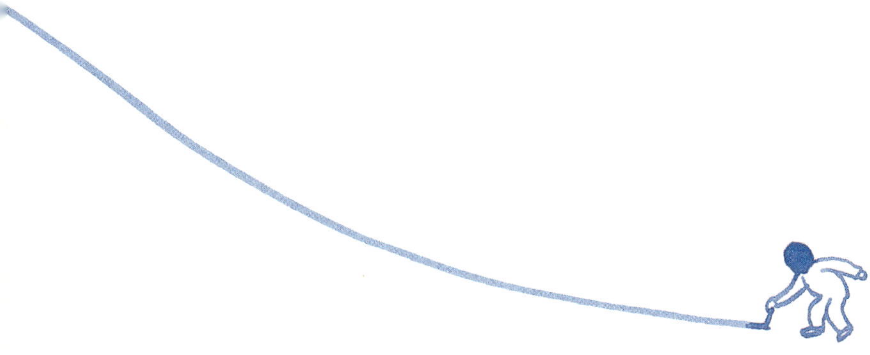

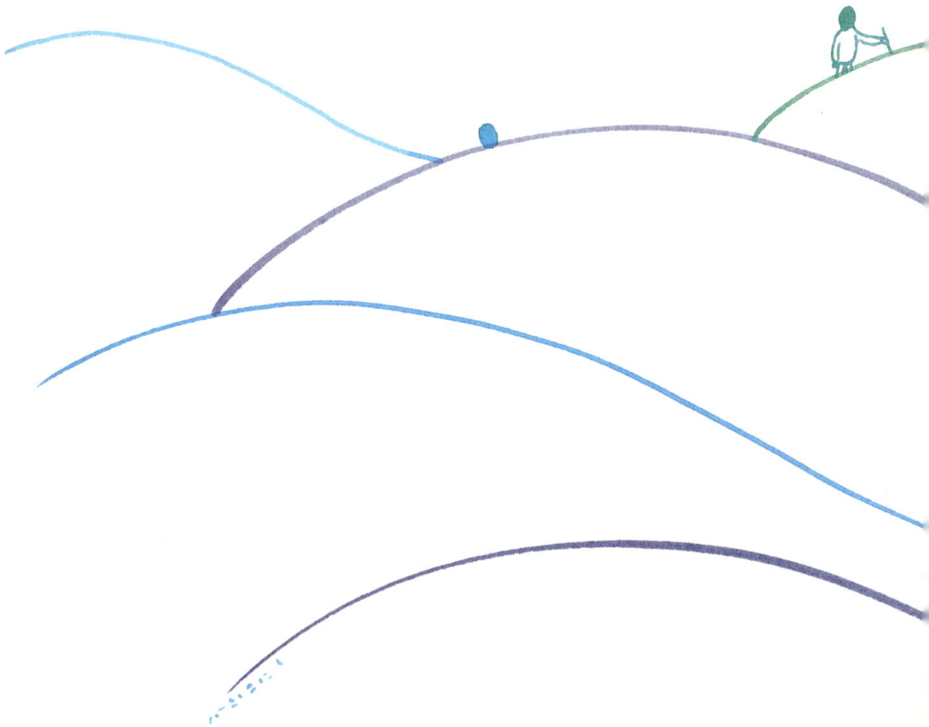

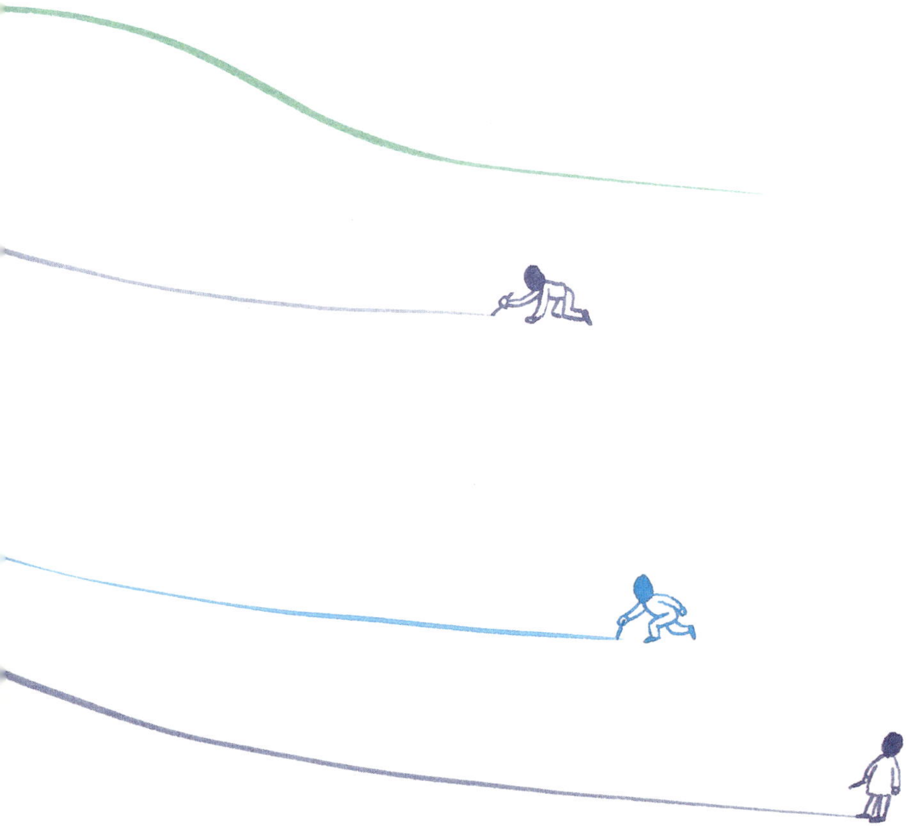

자연치유 마을, 수백, 수천 명이 함께 식사할 수 있는 실내외 식당과 군데군데 아름다운 꽃밭과 정원들을 잘 조화시킨 하나의 큰 밑그림이 그려졌고, 그 꿈은 이제 그 큰 첫 발걸음을 내딛고 있다.

나는 이 꿈을 꾸기 시작하면서 세계의 명상센터를 두루 돌아보았다. 벤치마킹도 하였고, 보완해야 할 점도 발견했다. 세계의 유명 명상센터들은 잘 운영되고 있었지만 나름대로의 취약점이 있었다. 하나는 종교성이 갖는 한계였다. 종교적 목적을 가지고 운영되는 명상센터는 같은 종교를 가진 사람에게는 더없이 좋은 공간이 되지만, 한편으로는 다른 종교를 가진 이들을 불편하게 할 수 있다.

또 하나는 상업성의 한계다. 유명 명상센터들 중 제법 잘 된다 싶은 곳에서는 반드시 돈 냄새가 났다. 비즈니스를 목표로 하는 곳에서 명상이 제대로 될 수 있을까? 그래서 상업성을 초월한 장소를 만들어야겠다는 생각을 했다. 그로 인해 재단 설립도 필요했던 것이다. 돈을 버는 것이 목표가 아니라, 사람을 버는 것, 사람의 마음을 사는 공간을 만들고 싶다……. 이 두 가지가 깊은산속 옹달샘이 가려고 하는 길이다.

거기에 나는 하나를 더하고 싶다. 바로 '꿈 너머 꿈'이다. 나는 깊은산속 옹달샘을 찾는 많은 사람들의 가슴속에 꿈 너머 꿈이 깃들기를 꿈꾼다. 특히 자라나는 청소년들이 꿈을 키우고, 또 한 걸음

더 나아가 그들의 꿈 너머 꿈을 키우는 수련장이 되었으면 한다. 이곳의 프로그램을 체험하고 난 뒤 아이들의 표정이 바뀌고, 눈빛이 바뀌게 하고 싶다. 꿈의 씨앗을 소중히 심어 그 꿈이 자라나는 것을 스스로 확인하게 하고 싶다.

깊은산속 옹달샘.

부지가 마련되고 '첫삽 뜨기' 행사까지 진행된 지금까지는 정말 감사하게도 큰 탈 없이 잘 진행되어 왔다. 그러나 아직도 가야 할 길은 멀다. 건물이 들어서기 위해서는 더 많은 재원도 필요하고 더 큰 에너지와 시간이 필요하다. 그러나 나는 서두르지 않을 생각이다. 앞으로 갈 수 없으면, 잠시 그 자리에 멈췄다 걸음을 다시 떼겠다. 그러나 결코 포기하지는 않겠다.

앞으로 함께 이 꿈의 공간을 만들어 가는 과정에는 어려움도, 장애물도 많을 것이다. 하지만 그때마다 서로서로 마음을 나누고 에너지를 주고받으면, 못할 일도 안 될 일도 결코 없을 것임을 확신한다. 꿈은 반드시 이루어진다.

6

꿈을 가진 사람은 서로 만난다

누군가에게 힘이 되는 인연은 건강합니다.

누군가에게 의미가 되는 인연은 아름답습니다.

누군가에게 꿈을 갖게 하는 인연은 더욱 아름답습니다.

누군가에게 성장이 되게 하는 인연은 행복합니다.

당신은 내게 건강한 인연입니다.

갈증을 목 축이는 한 방울 이슬 같은 인연

생각하면 눈물이 납니다.

천숙녀의 《풀꽃 느낌 10》 중에서

하나 부엉이 할머니

아침편지를 쓰는 지난 6년 동안 나는 참으로 좋은 사람을 많이 만났다. 부엉이 할머니도 그 중 한 분이다.

그토록 행복해 보이는 부엉이는 처음이었다. 그토록 사랑스러워 보이는 부엉이도 처음이었다. 어느 날 아침편지 사무실에서 만난 조구자 할머니의 가슴에 안긴 부엉이들을 본 내 첫인상이다.

소녀 같은 표정의 조구자 할머니는 부엉이를 주제로 한 시만 해도 수십 편을 발표한 시인이기도 하다. 그분이 평생 취미 삼아 만든 부엉이들을 보고 아침편지 가족 중 한 분이 전율을 느낀 나머지 아침편지 문화재단 사무실까지 모시고 온 것이었다. 할머니의 손에서 태어난 부엉이는 예술성을 뛰어넘은 어떤 생명력을 지니고 있었다.

그 아름다움, 그 친근함과 천진스러움. 그것은 그저 단순한 부엉이 인형이 아니었다.

할머니에게는 아들이 있다. 그런데 그 아들이 망막분리증이라는 병으로 실명의 위기에 처하게 되었다. 벼랑 끝에 선 것 같은 절망과 아픔 속에서 할머니는 기도를 시작했고, 그 기도 중에 부엉이가 태어나게 되었다. 아들의 길고 긴 투병기간 동안 아들의 눈이 낫기를 바라는 간절한 염원과 그리움으로 부엉이를 만들기 시작한 것이다. 마침내 간절한 기도가 마법과도 같은 기적을 일으켜 주었고 아들의 시력은 회복되었다. 그 일이 있은 이후에도 할머니에게 부엉이는 자식이자 가족이자 친구가 되어 언제나 곁에서 함께하고 있다.

아침편지 문화재단에는 '아침편지 부엉이 클럽'이 생겨났다. 조구자 할머니의 지도로 삶의 다양한 이야기가 담긴 부엉이를 만들고 있다. 헌옷, 손수건, 스카프 등 흔히 볼 수 있는 옷감을 잘라 수를 놓고, 한 뜸 한 뜸 색실을 박아 만든 부엉이들이 태어나고 있는 것이다. 그렇게 정성들여 예쁘게 태어난 부엉이들은 아들 방, 딸 방, 손자 손녀의 방에 놓여 할머니의 사랑과 축복을 전한다. 밤새 뜬눈으로 방을 지켜준다.

부엉이를 좋아하던 마음이
부엉이를 만드네
내가 나를 벗하여

수천 번 수만 번 뜸질하는 색실이
내 깊은 곳 흐르며 태어난 부엉이들은
가난한 내 사랑의 표시였음에

이들은 소중한 가족과
그리운 얼굴들이 되다가
이윽고는 부처님 예수님의 얼굴로 보여

쓸쓸해질 때 위안이 되는
빛의 공간으로 들어가보네

조구자의 시 〈부엉이 방으로〉 중에서

둘

햇볕 잘 드는 언덕의 마로니에 나무 한 그루

단풍이 화려했던 2004년 가을, 경기도 가평군에 자리 잡은 '아침고요 수목원'을 방문할 기회가 있었다. 이 수목원의 주인장 한상경 교수의 초청을 받아 이루어진 것이었다.

사실 이곳은 언젠가 꼭 한번 가봐야지 했던 곳이었다. 내가 오랫동안 꿈꾸며 그려온 세계적인 명상센터, 깊은산속 옹달샘에 조성될 꽃밭과 수목원의 좋은 모형이었기 때문이다. 이날의 초청은 단순한 초청이 아니었다. 미처 나도 알지 못하던 특별한 사연이 숨겨져 있었다.

그 사연인즉, 10여 년 전 우연한 기회에 나의 아내가 친구와 함께 이곳을 방문하게 되었는데, 그때는 이 수목원이 초창기였고 여러 가지 문제 중에서도 특히 재정적인 부분 때문에 극도의 어려움을

겪고 있던 시기였다. 한상경 교수 부부의 꿈 이야기와 함께 그 어려운 재정적 상황을 설명 듣던 아내는, 지갑에 든 돈을 털어 십만 원을 살짝 건네주고 왔다고 한다. 그 당시는 우리도 힘들었던 시절이었다. 돈 십만 원을 선뜻 쓸 수 있는 형편이 아니었음에도 불구하고, 감동받은 아내가 남편의 '동의' 도 없이 십만 원을 쾌척한 것이다. 그것이 인연이 되어 이날의 초청이 이루어진 것이었다.

이날 우리 부부는 한 교수 부부의 환대 속에 참으로 좋은 시간을 가졌다. 정말 화창한 날, 아름다운 꽃밭과 수목원을 함께 걸으며 맑은 공기와 꽃향기에 흠뻑 취해 행복해 하며 햇볕이 잘 드는 언덕길에 이르렀을 때였다.

한상경 교수가 잠깐 멈추더니 한 나무를 가리키며 "이 나무가 어떤 나무인 줄 아십니까?"라고 물었다. 우물쭈물 대답을 못하고 있는 나에게 한 교수가 말해 주었다.

"이것은 마로니에 나무입니다. 십 년 전 제가 이 수목원을 시작하고 경제적인 어려움에 처해 있었을 때, 이곳을 방문한 어느 부인께서 주신 돈을 의미 있게 쓰기 위해 심은 나무입니다. 십 년 동안 이렇게 잘 자라고 있습니다. 그때의 그 부인이 바로 지금 이 나무 아래 서 계십니다."

순간, 나도 놀라고 아내도 놀랐다. 수목원의 양지바른 중앙에 굳

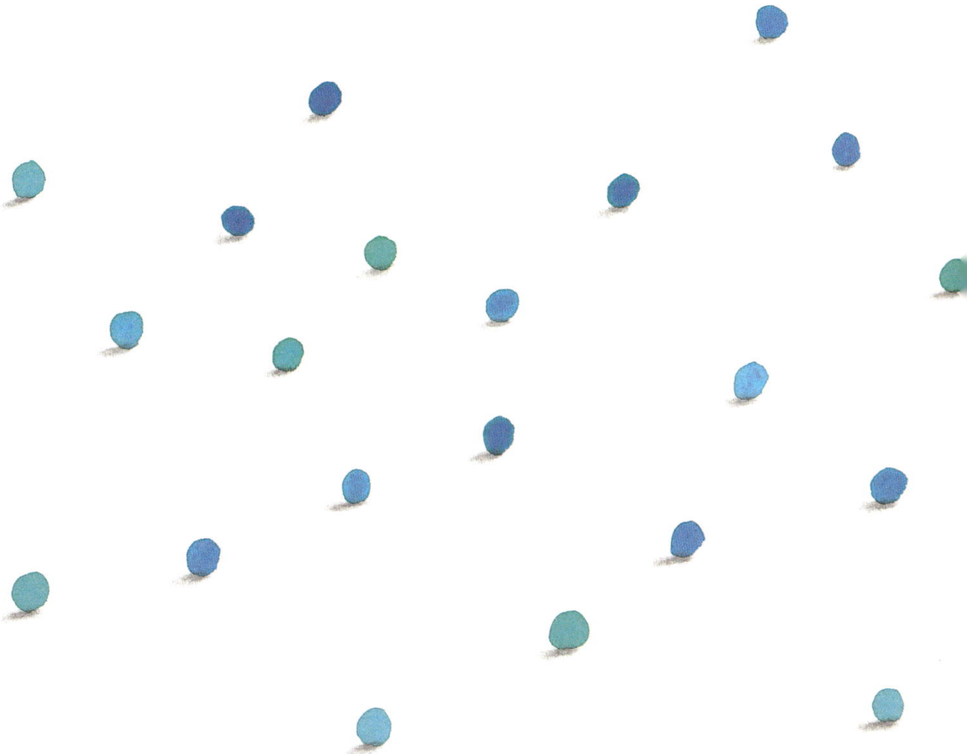

건히 뿌리내려 잘 자라고 있는 한 그루의 나무!

그 소담한 마로니에를 바라보는 아내의 눈에 잠시 이슬이 맺혔다. 수목원을 떠나 돌아오는 길에 배웅나온 한 교수가 "연애편지입니다" 하면서 아내에게 하얀 봉투를 건넸다. 집에 오는 길에 열어보니 그 봉투 안에는 백만 원짜리 수표가 들어 있었다. 아내는 망설임 없이 이 돈을 "당신이 좋은 일에 쓰라"며 내게 건네주었다.

나는 아내에게 전달받은 봉투를 가지고 밤새 고민하게 되었다. 이 의미 있는 돈을 어떻게 사용해야 할까……. 고심 끝에 나의 꿈인 '깊은산속 옹달샘'의 땅을 구입하는 종잣돈으로 삼기로 결심하고 다음날 통장 하나를 개설했다.

아내가 건네준 백만 원에, 내 이름으로 백만 원, 우리 딸 새나와 아들 대우 이름으로 각각 오십만 원, 모두 삼백만 원이 들어 있는 '깊은산속 옹달샘'이란 이름의 통장이 생겼다. '의미 있는' 일은 그 다음으로 이어졌다. 이 이야기가 전달되면서 주위의 뜻있는 성금들이 모이기 시작했다. 길지 않은 시간 동안 모두 일천 삼백만 원이 모여 '옹달샘' 통장이 되었다. 십 년 전 아내의 십만 원이 열 배로 자라났고, 여기에 여러 사람의 뜻이 덧붙여져 백 배의 열매가 맺힌 통장이 만들어진 것이다.

모든 일에는 특별한 인연이 있고, 역사가 있다. 의미 있는 일은 더

욱 그렇다. 아침편지를 시작하기 전에는 전혀 생각지도 못했던 〈깊은산속 옹달샘〉을 위해 내 아내는 선험先驗과도 같은 인연의 씨앗을 이미 뿌려놓았던 것이다. 깊은산속 옹달샘은 바로 여기서부터 시작되었다고 해도 과언이 아니다. 이 '마로니에 나무' 이야기를 시작으로 깊은산속 옹달샘 설립을 위한 모금이 시작되었고, 이후 아침편지 가족 2만여 명이 참여해 13억 원의 기금이 조성되어 현재의 명상센터 부지를 매입할 수 있게 되었기 때문이다.

앞으로 십 년, 오십 년, 아니 백 년을 내다보며 우리나라에 정말 좋은 명상센터를 만들어보려고 한다. 그리고 이것을 어느 개인의 소유물이 아닌 공공의 재산으로 대물림하려 한다. 이 의미 있는 첫걸음 이후, 아침편지 가족들의 참여는 점점 늘어가고 있다. 십 년 전의 작은 후원이 지금의 아침고요 수목원 정원에 커다란 마로니에 나무를 있게 했듯이 그 모든 분들의 작은 성원이, 앞으로 만들고 키워나가게 될 세계적인 명상센터 〈깊은산속 옹달샘〉을 이루게 한 역사가 될 것이다.

아침고요 수목원에서의 하루. 그날은 우리 부부의 가슴에 오래도록 남아 있을 것이다. 꿈을 가진 사람은 언젠가는 서로 만나게 된다는 진리와 함께…….

셋

7만 평의 마음

꿈을 가진 사람은 서로 만난다.

아침편지를 시작한 이후, 꿈을 가진 사람들을 정말 많이 만나게 되었다. 그것도 마치 누군가에 의해 이미 준비된 것처럼, 섭리처럼, 계획처럼, 천사처럼…….

깊은산속 옹달샘의 이야기가 아침편지에 처음 나간 다음날이었다. 서울 북아현동의 큰 감나무가 있는 고옥에 사는 노부부가 이메일을 보내 나를 초대했다.

"설레는 마음으로 메일을 씁니다. 고도원 선생님이 꿈꾸는 명상센터, 깊은산속 옹달샘은 우리 노부부의 꿈이기도 합니다……."

이렇게 시작된 편지에는 놀라운 내용이 담겨 있었다. 그분들이 오래 전에 사놓은 산이 있는데, 그 산을 깊은산속 옹달샘의 부지로 기증하겠다는 내용이었다. 아주 곱게 늙으신 여든세 살의 할아버지, 일흔여덟 살 할머니 노부부였다. 아침지기들과 나는 그분들의 안내를 받아 그 곳에 가게 되었다. 앞에는 호수가 있고 밤나무숲으로 둘러싸인 7만 평의 산자락이었다.

그때 할아버지께서 내게 물으셨다.

"땅이 얼마나 필요합니까?"

나는 잠시 멈칫했다. 자칫 황당하게 들릴지 몰라 망설였지만 늘 그려왔던 꿈이었기에 달리 말할 수도 없어서 있는 그대로 말씀드렸다.

"최소 20만 평이 필요하고, 60만 평이 있으면 제일 좋겠습니다."

그분은 "꿈이 정말 크군요" 하면서 깜짝 놀라는 표정을 지으셨다. 그분들이 기증코자 하는 부지가 내가 꿈꾸는 면적의 땅이 아니어서 그분의 뜻은 받아들일 수 없었지만, 그 마음만큼은 내 가슴에 영원히 새겨졌다. 우리는 호숫가에 앉아 맛있게 점심을 먹고 긴 이야기도 나누었다.

이야기 끝에 나는 물었다. 왜 이 큰 재산을 자식에게 주시지 않고 기증하려 하시느냐고. 그분들은 넉넉한 얼굴로 말씀하셨다. 물질인 땅보다 더 큰 것을 남겨주고 싶었노라고.

호수 저편으로 지는 석양이 무척 아름다웠다.

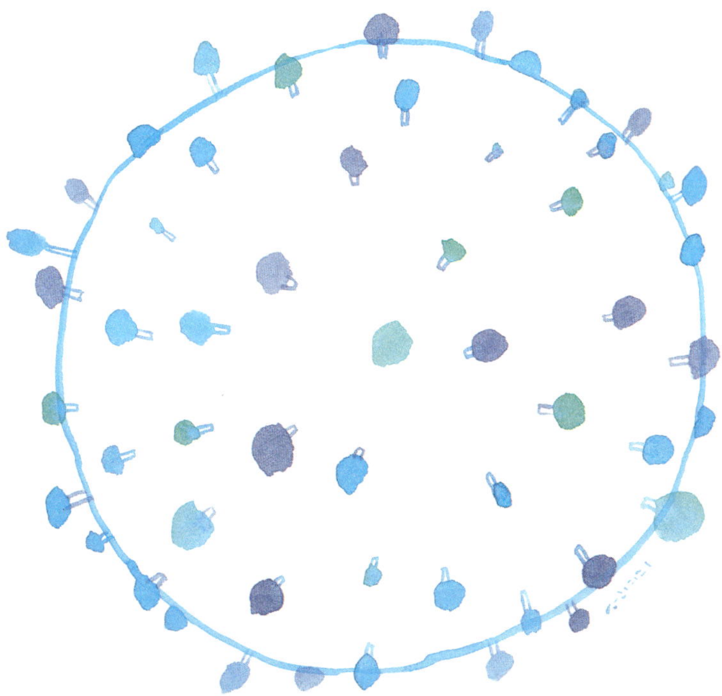

모든 것은 하나부터 시작한다. 하나가 없으면 둘도 없다.

한 마디 따뜻한 말, 한 번의 정다운 웃음, 한 번의 소중한 만남, 한 번의 열린 가슴이 인생의 별이 되고 꽃이 된다. 우리네 사랑도, 행복도 그리고 역사도, 전설도, 신화도 하나부터 시작된다. 노부부의 고마운 마음으로 시작된 발걸음이 결국 더 큰 발자취들을 이끌어오고 있다. 그 길 위에 있다는 것만으로도, 그 시간들을 지켜보고 있다는 것만으로도 가슴이 벅차다.

넷

아침편지 사랑의 집짓기

세상은 아름답다.

세파에, 분주함에, 각박함에 눈이 가려져 다만 그 멋진 세상을 보지 못하고 있을 뿐이다. 눈을 열고 마음을 열면 세상은 다시 아름답게 보인다. 가족이 있고 친구가 있으며, 사랑과 낭만이 있고, 희망이 있으므로 세상은 더 멋지고 아름답다.

세상을 아름답게 만드는 사람들의 움직임 가운데 '해비타트 운동' 이라는 것이 있다. 밀라드 풀러라는 한 미국인 변호사로부터 시작된 운동이다. 가난하지만 독실한 크리스천이었던 그는 벤처기업을 일으켜 이십대 후반에 이미 백만장자가 되었다. 그런데 어느 날 그의 아내가 "돈만 추구하는 의미 없는 삶을 더 이상 살 수 없다" 며

별거를 요구해 왔다.

가정의 위기를 맞자 그는 새롭고 의미 있는 삶을 찾게 되었고, 1965년에 전 재산을 팔아 가난한 사람들에게 나누어주었다. 그리고 아프리카 자이르(현 콩고민주공화국)로 가서 가난한 흑인들을 위해 집을 지어주기 시작했다. 나아가 1976년에 오늘날의 〈국제해비타트 Habitat for Humanity International〉를 창설했다.

이렇게 시작된 해비타트 운동은 전 세계로 번져 이제 세계 곳곳에서 26분마다 한 채의 해비타트 주택이 지어지고 있다. 2004년까지의 통계를 보면 100개 국가에서 175,000채가 넘는 주택을 지어준 것으로 집계되어 있다. 우리나라에도 이 운동은 전파되고 있다. 지미 카터 전前 미국 대통령도 우리나라를 방문해 집 없는 이들에게 집을 지어주는 데 동참하고 갔다. 마음을 따뜻하게 하는 광경이었다. 그런데 해비타트가 벌이던 큰 사업이 아침편지에서도 가능하게 될 줄은, 그때는 미처 몰랐었다.

2006년 가을 어느 날, 그를 만났다. 노블하우스 류재관 대표.

아침편지 문화재단에 천사처럼 찾아온 그는 내게 아주 특별한 제안을 했다. 아침편지 가족 중에 집이 꼭 필요한 사람들을 위해 집을 지어주는 프로젝트를 함께 추진하자는 제안이었다.

"아침편지와 함께하고 싶다. 그래야 대상 선정과 마무리의 모든

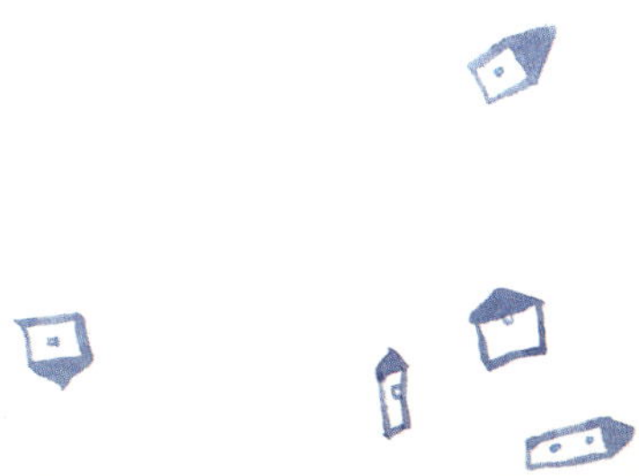

과정이 가장 확실하고 순수하게 진행될 것으로 믿기 때문이다."

아침편지의 오랜 가족이라는 그는 그동안 MBC 〈러브하우스〉의 신축 협찬과 KBS 〈6시 내고향〉의 '백년가약' 공식 건축가로 활동하며 어려운 이웃들에게 집을 지어주었던 장본인이다. 기업의 사회 환원 차원의 의미 있는 봉사활동을 계속해 오고 있었고, 자신의 건설회사의 규모가 커지기 전부터 늘 생각해 오던 일을 기꺼이 실천하고 있던 터였다.

그의 제안을 받고 나는 아침지기들과 깊은 논의 끝에 '아침편지 사랑의 집짓기' 라는 이름으로 2006년 11월, 그 첫 시작을 아침편지에 알렸다. 그동안 TV로만 접했던 그 특별한 혜택과 기회가 아침편지 가족들에게도 선물처럼 주어지게 된 것이다. 갑작스런 사고나 재난, 혹은 너무 열악한 거주 공간으로 '정말 이분들만큼은 이런 도움을 받을 만하다' 하는 가정들을 아침편지 가족들이 함께 찾아내고 살기 편한 집을 무료로 지어줄 수 있다면, 그 집은 그야말로 '꿈과 희망의 집' 이 될 것이었다.

그런 믿음을 바탕으로 신청과 선정 작업을 진행하여 마침내 2007년 3월 2일, '아침편지 사랑의 집짓기 1호' 로 선정된 경북 문경의 샛별이네 집 착공식을 무사히 할 수 있게 되었다.

"꿈을 가진 사람은 서로 만난다."

내가 가장 좋아하는 말이다. 꿈이 있는 사람들이 이렇게 서로 만나면 그 순간부터 또 하나의 의미 있는 새로운 발걸음이 시작된다. 우주는 홀로 존재하지 않는다. 사람도 혼자 살지 못한다. 꿈도 그렇다. 우리는 함께 꿈을 만들고 더불어 살아가는 존재들이다. 새로운 창조 작업의 핵심은 꿈과 사랑이다.

어떤 어려움에도 진실된 꿈과 사랑이 내 안에, 우리 안에 있을 때 사람도 세상도 더욱 더 아름다워진다.

에필로그

한 곡의 노래가 순간에 활기를 불어 넣을 수 있다.

한 자루의 촛불이 어둠을 몰아낼 수 있고,

한 번의 웃음이 우울함을 날려 보낼 수 있다.

한 가지 희망이 당신의 정신을 새롭게 하고,

한 번의 손길이 당신의 마음을 보여줄 수 있다.

한 개의 별이 바다에서 배를 인도할 수 있다.

한 번의 악수가 영혼에 기운을 줄 수 있다.

한 송이 꽃이 꿈을 일깨울 수 있다.

한 사람의 가슴이 무엇이 진실인가를 알 수 있고,

한 사람의 삶이 세상에 차이를 가져다준다.

한 걸음이 모든 여행의 시작이고,

한 단어가 모든 기도의 시작이다.

틱낫한의 《마음에는 평화 얼굴에는 미소》 중에서

당신과 나의 꿈 너머 꿈을 위하여!

한 걸음이 모든 여행의 시작이고,
한 단어가 모든 기도의 시작이다.

틱낫한

지난겨울, 눈 내린 겨울 산에 올랐다. 눈 내린 겨울 산길을 맨 처음 오를 때는 앞서 가는 사람이 스틱으로 쌓여 있는 눈을 치우며 조심조심 가야 한다. 발이 미끄러져 굴러 떨어질 위험도 있지만 그가 내딛는 한 걸음 한 걸음이 뒤따르는 사람에게는 길이 되기 때문이다.

내가 〈깊은산속 옹달샘〉의 부지를 처음 찾았을 때는 한여름이었다. 그때는 스틱 대신 낫을 들어야 했다. 오래도록 사람의 발길이

닿지 않은 채 원시림처럼 우거져 있는 숲을 헤치며 길을 내야 했기 때문이다. 그렇게 엉성한 낫질로 다져진 길을 따라 한 사람, 두 사람, 열 사람, 백 사람의 발길이 지나가니 저절로 아늑한 오솔길이 생겨났다.

아직도 잡풀이 무성하지만, 이제 제법 고즈넉한 숲길의 모습을 한 그곳을 걸으며 나는 내 꿈의 모습이 그 오솔길과 닮았다는 생각을 했다. 애초에 그곳에는 길이 없었다. 아무도 그 길을 보지 못했다.

그러나 내 눈에는 길이 보였다. 아무도 가지 않은 저 언덕배기를 돌아 나무 숲 사이로 난 길이 보였고, 그 가운데 고요하게 들어서 있는 명상센터의 모습도 보였고, 그 안에서 마음의 짐을 내려놓고 마음의 안정과 평화를 찾고 있는 사람들의 모습도 보였다.

잔뜩 쌓인 눈 밑에 길이 숨어 있었듯, 덤불 속에서 길을 만들어냈듯, 나의 '꿈 너머 꿈'도 서서히 얼굴을 드러내고 있다. 그것이 내 가슴을 뜨겁게 한다.

그러나 동시에 아픔도 있다. 눈길에 미끄러져 엉덩방아를 찧는 아픔 정도라면 차라리 견딜 만하다. 시간과 열정과 사랑을 쏟은 만큼의 발목을 잡아매는, 아니 그 이상의 꺾임과 아픔과 상처가 꿈 너머 꿈으로 가는 길에는 반드시 있다.

그리고 고독의 순간도 허다하다. 아무도 대신할 수 없는 '절대고

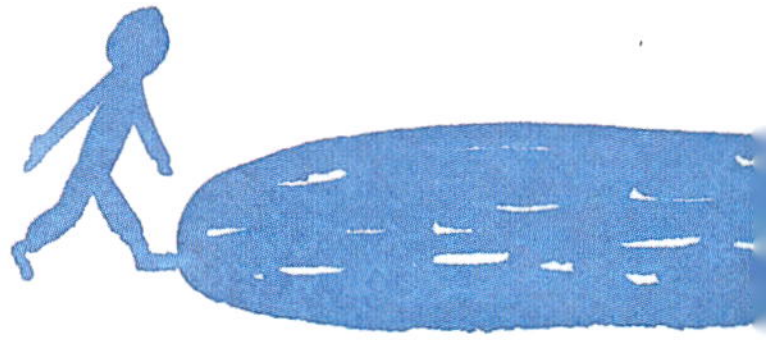

독'의 순간이다. 〈고도원의 아침편지〉를 쓰고, 〈아침편지 사랑의 집짓기〉를 시작하고, 〈깊은산속 옹달샘〉을 꿈꾸며 이루어가는 지난 6년 동안 나에게도 그런 절대고독의 순간이 여러 차례 있었다.

모름지기 역사의 맨 앞에 선 사람, 의로운 일을 하고자 하는 사람, 아무도 가지 않은 길을 가는 사람, 꿈 너머 꿈을 가진 사람에게는 바로 그 절대고독의 순간이 있다.

그때 당신은 어떻게 할 것인가.

해답은 하나다.

포기하지 않는 것이다. 결코.

간혹 어깨가 너무 무거워, 발이 너무 아파 눈물이 맺힌다면, 잠시 멈춰 서 있으면 된다. 그러나 되돌아서거나 물러서면 안 된다. 안개

가 자욱해 한 치 앞이 보이지 않을 때도 잠시 멈춰 서 있으면 된다. 안개를 만나 억지로 길을 찾으려다가는 오히려 길을 잃고 만다. 그럴 때는 가만히 앉아 안개가 걷히기를 기다리면 된다.

꿈 너머 꿈으로 가는 길이 막막하게 느껴질 때에도 잠시 머무르면 된다. 포기만 하지 않는다면, 언젠가는 바람이 안개를 몰고 가서 반듯한 길이 눈앞에 선명히 나타나게 된다. 그러면 더 큰 힘을 얻고, 더 많은 믿음을 얻고, 더 깊은 지혜를 얻어 다시 힘차게 걸어나갈 수 있게 된다.

꿈은 이루어진다. 당신의 꿈 너머 꿈도 반드시 이루어진다. 나의 꿈 너머 꿈이 이루어지고 있는 것처럼…….

아침편지 고도원의

꿈 너머 꿈

초판 1쇄 발행 2007년 4월 16일
초판 31쇄 발행 2021년 12월 17일

글 | 고도원
그림 | 이성표
펴낸이 | 한순 이희섭
펴낸곳 | (주)도서출판 나무생각
편집 | 양미애 백모란
디자인 | 박민선
마케팅 | 이재석
출판등록 | 1999년 8월 19일 제1999-000112호
주소 | 서울특별시 마포구 월드컵로 70-4(서교동) 1F
전화 | (02) 334-3339, 3308, 3361
팩스 | (02) 334-3318
이메일 | tree3339@hanmail.net
홈페이지 | www.namubook.co.kr
블로그 | blog.naver.com/tree3339

ISBN 978-89-5937-131-0 03810